アポピスの復活　微生物研究室特任教授・坂口信

JN167265

角川ホラー文庫
24471

目次

【主な登場人物】

坂口《さかぐち》　信《まこと》　帝国防衛医《ていこくぼうえいい》大《だい》の特任教授。医師兼微生物学者。

二《に》階堂靖《かいどうやすし》　帝国防衛医大の助教。坂口の教え子。

海谷《かいや》優輝《ゆうき》　警視庁刑事部捜査支援分析センターSSBCの捜査官。

チャラ　帝国防衛医大のタイ人研修生。家族と坂口宅に下宿している。

ケルベロス　帝国防衛医大裏門の守衛。ヒゲ、眉毛《まゆげ》、ギョロ目の三人がいる。

坂口一紀《かずき》　坂口の長男。帝国防衛医大附属病院の外科医。

坂口大輔《だいすけ》　坂口の次男。陸上自衛官。

近藤《こんどう》万里《まり》子《こ》　坂口の長女。トリアージナース。

——混沌《こんとん》の時代において最大の危険は混沌そのものではない。
昨日と同じ論理で行動することである。

ピーター・ドラッカー——

プロローグ

どこもかしこもどんよりとした灰色で、肌寒いのにムシムシとする、不快さの煮汁を噴霧器で散布したような日であった。信号が青に変わったとたんに人々が押し寄せて、互いの傘が当たらぬように行き過ぎる。濡《ぬ》れた路面に信号機のライトが光り、人々はそれを踏んでいく。跳ね返る水でズボンの裾《すそ》が濡れ、靴の内部を湿らせる。汗は蒸発できずに体内を熱し、反対に湿気は肌を冷やしていく。ベタ付くのは汗のせいなのか、それとも雨のせいなのかわからない。

午後六時過ぎ、傘とカバンをそれぞれの手に持って、ときおりハンカチで汗を拭《ふ》きながら、一人の男が神田《かんだ》駅前のビジネスホテルにチェックインした。裏通りには安価なホテルが多く、大通りに面した高級ホテルと背中合わせに建っている。普段なら飲み終えて夜中にホテルへ入るが、この日はベタ付く体を我慢できず、シャワーを浴びてサッパリしてから食事に出ようと早めにチェックインしたのであった。

フロントで渡されたキーは『1214』。十二階の14号室だ。エレベーターを降りて殺風景な廊下を進み、居並ぶドアの番号を調べて部屋に入った。

靴脱ぎスペースはドアの開閉で邪魔になるほど狭く、室内にはベッドとテレビ台と椅子だけが無駄なくきっちり収まっている。明かりを点《つ》けても室内が陰気に感じられたので、ベッドとテレビ台の隙間を通って窓に近づき、カーテンをあけて回転式のサッシを開いた。とたんに湿気と音が押し寄せてくる。

九十センチ四方の網入りガラスを透かして見えるのは高級ホテルの裏側で、表通りに立派なエントランスを構えていても、舞台裏は殺風景だ。手前にこちらより低いビルがあり、屋上に給水塔や室外機、見栄えが悪くなった観葉植物などが置かれている。屋根のない物置さながらだなと思う。給水塔のハシゴは錆《さ》び付いて、屋上には茶色のシミが広がっている。どこに根を張ったのか転落防止《ぼうし》柵《さく》につる性植物が絡みつき、そこだけが美しい緑色だった。

高級ホテルはその奥にそびえ立ち、十二階建てのこちらよりも背が高い。外で見上げたときは焦げ茶色の壁面に小さな窓が並んで、屋上近くに電飾のチャンネルサインがついていた。主張しすぎない英文が美しかったな、と思いながら窓を閉めようとしたときだった。雨に霞《かす》む風景に、何か異様なものが入り込んでいるような気がした。

首を伸ばして見ようとしたが、斜めになった網入りガラスは雨と埃《ほこり》で濁っているし、素通しなのは下方部分と三角形に切り取られた左右のみで、正面と上部は見通せない。仕方なく窓を閉めてガラス越しに目をこらすと、高級ホテルの屋上に、今しも飛び降りようとしている人の影がある。手すりの外側にくっついて、こちらに背中をむけているのだ。まだ決心できないとでもいうように。

大変だ。

フロントに電話しようとして、本当に人間か？　と、自分に問うた。

網入りガラスはデコボコの加工と流れる雨で外の景色がよく見えない。再度窓を開けてもみたが、見える範囲はあまりに狭くて下方ばかりだ。そしてそいつは動かない。

ほんとうに、にんげんか？

しばらくガラスに目をこらしていると、人間のように見えるだけではないかと思えてきた。たとえば手すりに干した布様のものが風で丸まって人に見えたとか、あるいは屋上の手すりに止まった巨大な蝉が……そんな蝉は存在しないが、こんなに雨が降っているのにビクともしないというのは変だ。

自殺志願者とはバカな妄想だと男は思い、フロントに電話するのをやめた。

シャワーを浴びて、飲みに出て、ご機嫌でホテルに戻ったときには影のことなどすっかり忘れていたのだが、翌朝になってカーテンを開けると、そいつはまだ張り付いていた。やっぱり人じゃなかったんだな。頭部が黒く、上下とも灰色の服を着た人にそっくりだ。今もやっぱりそう見えるけど。なんだよ人騒がせな。あ、そうだ。思い立ってスマホを出すと、窓ガラス越しに撮影した。

SNSにアップして、『何だと思う?』と訊《き》いてやる。焦ってドキドキさせられた分、ネタに使って楽しませてもらおう。

彼は画像を保存して、トリッキーなコメントを考えた。


それから三日後の土曜日も激しく雨が降っていた。

夕方で、建物の間を縦横に巡る小路《こうじ》は水たまりだらけになっていた。頭上にはダクトや配線や室外機などが剝《む》き出しになって、雨がそれらの随所に溜《た》まり、流れ落ちるとき複雑な音を響かせる。その道へ、中年女性がやって来た。

彼女は表通りのホテル内にオフィスを構えるツアー会社の従業員で、十八時にシフトを終えた。朝晩の出退勤時に小路を通ると、大通りを使うより五分も早く通勤できる。ダクトや室外機からは雨水がボタボタ落ちたりザーザーこぼれたりしていたが、レインブーツなら気にならない。歪《ゆが》んだ路面が水たまりを作って、建物とその上の空を歪《いびつ》に映し込んでいる。そうした一つをブーツで踏んで、傘ナシの宅配業者とすれ違う。業者はホテルの荷捌き場に停めたトラックから近くのビルへ、風呂敷《ふろしき》で包んだ荷物を運んでいくようだった。

ご苦労様ね、と考えているとき、雨水ではない液体がボトリと落ちて傘を汚した。え。なに？

透明な傘を透かしてそれを見る。鳥の糞《ふん》ではないようだ。赤黒く透明のゲル状で、澱《おり》のようなものが混じっている。傘越しにも鳥は見えない。突き出た室外機やダクトがロボットの内臓みたいで、複雑に切り取られた空は灰色だ。と、また何かが降って、傘で弾《はじ》けた。赤黒い粘着性の液体だった。彼女はその場に立ち止まり、雨が粘液を押し流すのを観察しながら、魚の臓物かしら気持ちが悪い、と考えた。

見る間に雨粒が大きくなって、切り取られた空が紫に光った。間もなく雷鳴が轟《とどろ》いて、バケツをひっくり返したような雨に変わった。次の瞬間。頭上から影が降り、トラックの荷台に当たって弾けた。鈍くて大きな音がして、完熟トマトのような飛沫《ひまつ》が眼球に飛び込んできた。それは雨より粘ついていて、鼻の周囲や頰にもかかり、拭《ぬぐ》うと奇妙な臭いがした。何の臭いかわからないけれど、記憶の底にある臭い。昔、小学校の理科室で嗅《か》いだことがあると思った。

小路に駆け込んで来た黒い傘の男が立ちすくんでいる。激しい雨がその姿を霞ませて、ザーザーザー……ビル風が路面をなぞっていく。トラックの荷台から粘ついたものが垂れ落ちて、赤黒い糸を引いている。何かが落ちて、転がって、荷捌き場の前で止まった。それは茶色の革靴で、横倒しになるや粘液の塊を路面にこぼした。ペロンと動いたのはグレーの布で、靴に入った靴下だった。

雨は激しく、ビニール傘に張り付いた液体を叩《たた》いて広げ、彼女は思考が停止した。黒い傘の男も雨に打たれて動けずにいる。彼女と男は屋上を見上げ、次にトラックの荷台を見つめた。

雨水が、荷台から、グレーの上着を押し流す。袖《そで》が荷台にしがみつき、袖口からゲロゲロと赤黒い粘液が垂れていた。あれはなに？

おぞましい妄想に囚《とら》われて、彼女はついに悲鳴を上げた。あれはなに。でもたぶん、でもあれは……たった今それを顔面に浴びた。妄想が恐怖を煽《あお》る。

「きゃーあああああーっ！」

叫ばずにはいられなかった。その声は雨音に抗《あらが》うように高く響いた。彼女は傘を握ったまま両脚をバタバタさせて、耐えきれず地面に尻餅《しりもち》をついた。

建物の裏口から人が飛び出して来て、激しい雨で路面を流れる液体と、抜け殻のような服を見た。小路に走り出て屋上を見上げ、放射状に降る雨に打たれた。

「いやーっ！」

彼女はもはやパニックを起こし、ビニール傘を放り出して顔を拭った。ゲル状のそれは指に張り付き、振り払うと体に飛んだ。

いたい。


「いや、いや！」

ベタベタのくせにヌルヌルとして、配水管の内側に溜まるヘドロのようだ。そして熱しすぎた牛乳のようなタンパク質の臭いがした。生理的嫌悪感に殺されそうになりながら、激しい雨で顔を洗った。化粧が落ちてもかまわない。皮膚を剝《は》ぎ取ってしまいたい。

黒い傘の男も動けずにいる。

「なんだ」

「どうした」

「飛び降りか」

誰かと誰かが叫んでいる。

「救急車を……あっ！」

運転席の上からフロントガラスへ、一塊の毛髪が流れて落ちた。最初、それはウィッグに見え、けれどドロドロとした粘液がくっついていた。ワイパー部分に引っかかっていたのは半透明のカプセルで、白濁した眼球のようでもあった。

粘液に混じった小石のようなものが人の歯だとわかったとき、その場に居合わせた者たちは誰もが想像力を放棄した。声を失い、後ろへ下がり、それらが雨に押されて排水溝へ向かって行くのを見守った。

「……なんだよ」

つぶやく声が聞こえたが、答えを知る者はいなかった。

Chapter 1　坂口家の平和

タタタタタ……パタタタタ……凶暴化したマウスがケージの中で共食いをする。真っ白な毛が鮮血に濡《ぬ》れ、どの個体も内臓がはみ出している。その様子に戦慄《せんりつ》して、ケージを覆い隠す何かを探した。早く、早く、早くしないとウイルスが外に出る。専門書が並ぶ棚、試験管やシャーレが置かれた机の上、顕微鏡の脇に積んであるのはプリント用紙だ。これではダメだ、何かないか。マウスがケージに体当たりして、ドン！と微《かす》かに世界が揺れる。タタタ……パタパタ……夢の中に響いていた音が現実世界へ降りてくる。ダメだ、早く止めないと！

ハッとして坂口信《さかぐちまこと》は目を覚まし、そこが自分の寝床だったと気がつくと、額を押さえてつぶやいた。

「夢だった……夢だよ……もう済んだ」

それでも心臓はドキドキと鳴り、恐怖の記憶に怯《おび》えている。

カーテン越しの窓を見上げるとすでに明るく、時刻は午前五時四十五分だ。もう少し眠れるな、と目を閉じたものの、今度はキッチンの音が気になってくる。タンタン……ガチャガチャ……ポン、「あチャア」……記憶を呼び起こしたのはあの音か。

寝返りを打って、目をこする。

寝床の脇にはまだ新しい仏壇があって、飾られている写真の妻と目が合った。供えた花がくたびれてきたので、新しい花を買ってやらなきゃいかんなと思う。

あなた、おはようございます。

在りし日の声が心に響いて、坂口は苦笑した。

そうじゃなく、ぼくはきみの生の声が聞きたいんだよ。

けれども死者は帰らない。キッチンではジャージャーと水音がして、二階からは赤ん坊の泣き声が降ってくる。

坂口は起き上がり、パジャマのまま洗面所ではなくキッチンへ向かった。

「アリャ先生、起こしチャッタか。マダ早い。マダ寝てロ」

調理台に小柄で痩《や》せた青年が立っていて、振り返るなりそう言った。

彼は坂口家の下宿人でチャラという。一本に繋《つな》がった太い眉《まゆ》、胡座《あぐら》をかいた鼻に浅黒い肌。坂口が教鞭《きょうべん》を執る大学の海外研修生で、南国風な容貌《ようぼう》の持ち主だ。

「さっきから赤ちゃんが泣いているけど、大丈夫かい？」

チャラは「ピッピ」と唇を鳴らした。

「赤チャン泣くハお仕事ダカラ心配ないヨ。お腹減ったネ。オクサンおっぱいあげてるけど、離乳食はチャラが作るデ、センセも食べロ」

「おお、それはアレかね？　あれは美味《おい》しいなあ」

坂口は家のこと一切を妻に任せきりで生きてきた。だから料理もからきしで、下宿人のまかないをしてやることもできない。彼らとは食文化が違うこともあり、キッチンを自由に使わせて融通しながら生活している。

チャラは破砕米を水で煮込みながら、

「アレでない。名前覚えて、『ジョーク』ね」

と、言った。ジョークは冗談のことでなく、タイ風のお粥《かゆ》のことである。

「ジョークはバラパラの米で作るネ。赤チャン食べる。トショリも食べる。みんな大好き、先生もスキ。おいしいグッド、サイコーね」

鍋《なべ》の中身は白濁した液体で、それをグルグルかき混ぜながら、得意満面でチャラは言う。

「タイのオカサン忙しいで、チャラがジョーク作ったね。お金ナイ、家族たくさん、ケーザイ的」

チャラの言うバラパラは『砕いた』という意味だ。タイのお粥は二種類あって、ジヨークには破砕米を使う。坂口はキッチンをチャラに任せて洗面所へ移動した。今ではトイレにも洗面所にも風呂場《ふろば》にも、原色の子供用グッズが置いてある。赤ん坊は男の子だが、グッズはほぼ赤色だ。タイでは曜日ごとに決まった色があり、自分の生まれた曜日とその色を大切にするという。日曜日に生まれたチャラの息子はラッキーカラーが赤色だったというわけだ。

洗面所の歯ブラシはピンクにオレンジ、坂口のそれが白色だ。ピンクは火曜日生まれのチャラのもの、オレンジは木曜日生まれのオクサンのもの。自分の生まれた曜日を知る日本人は少ないと思うが、文化の違いは面白い。

用を足そうとトイレに入れば、トイレットペーパーを収納する棚に小さいおまるが置かれている。赤ん坊はまだオムツをしているが、やがては踏み台なども増えていき、ますます狭くなるだろう。

そうでなくともチャラの家族を受け入れてから坂口家は様変わりした。ベビーベッドに子供用の椅子、玄関を狭くしているベビーカー、小さなバスタブ、オムツの山……それらの多くは娘や息子の嫁や孫たちが新品やお下がりを提供したもので、異国で出産したオクサンを全力でフォローしている。もしも息子の嫁がいてくれなければ、住まいを提供すること以外、坂口にはなにもできなかったと思う。坂口にも三人の子供がいるが、妻が彼らをどう育てたのかなんて全く記憶にないからだ。

布団を畳んで押し入れに入れ、身支度を整えて仏壇に座り、しおれた花をゴミ箱に捨てて仏花の水を入れ替えた。線香を焚《た》き、お鈴を鳴らして手を合わせると、今朝も妻がクスクス笑っているような気がした。

賑《にぎ》やかでいいですね。あなたも少し若返ったみたい。

満佐子《まさこ》、と心で妻を呼ぶ。路頭に迷った研修生を我が家に迎え入れたのは、実はきみが仕組んだことかい？　ぼくが独りで老けこんでいくのが心配で。

写真の彼女は微笑むばかりだ。

「先生、センセー！　ジョーク噴いた！　ダスター早ク！」

チャラの悲鳴で仏間を出ると、赤ん坊を抱いて階段を下りてきたオクサンと出くわした。キッチンでお粥が吹きこぼれ、ネバネバの液体が五徳や天板を汚している。

「こりゃ大変だ。火傷《やけど》しなかったかね」

ダスターを絞ってチャラに渡すと、

「目を離すからヨ」

と、オクサンが夫を叱った。お粥の匂いに反応してか、赤ん坊は自分の指をしゃぶっている。

「パートンコー作テて、チョト目を離した」

隣のコンロでバッテンのかたちをしたパンを作っていたと言う。

パートンコーは揚げパンで、オクサンが生地を作って冷凍しておく。それを揚げるのはチャラの仕事だ。油が飛ぶと危険なので、オクサンは赤ん坊を抱いて火から離れた場所にいる。坂口がガス台を掃除して、オクサンは片腕に子供を抱いたまま、もう片方の手でおかずを並べる。人数分のお粥と揚げパンと香菜と漬物が食卓に並ぶと、チャラが仏壇へ朝食を供えに行った。彼らは坂口の亡き妻が、あたかも仏壇に住んでいるかのように振る舞ってくれる。

夫が戻るまでのわずかな間に、

「先生、昨日、ルンが立ったヨ」

膝《ひざ》に子供を抱いてオクサンが言った。

「おお。それはおめでとう」

「三秒ダケけどナ」

戻って来たチャラが笑うと、オクサンは夫を睨《にら》んで、坂口には笑顔を向けた。

「歩き始めるとキッチン危ない、柵《さく》つけていいカ先生」

柵はすでに階段の上下にもついている。プライバシーが保てるようにと彼らを二階に住まわせているが、子供の安全を考えるなら一階を貸してやったほうがよかったのだろうか。こういうことも妻が生きていたならそつなくこなしたはずだと思うが、彼女がいれば同居する展開にはならなかったわけで、人生とは実に不思議だ。

「OKだとも。ルンくんの安全が第一だからね」

「ありがとネ先生」

と、オクサンはニッコリ笑った。

彼女は小柄で細身で清冽《せいれつ》で、蓮《はす》の花を思わせる。そんな容姿でへんてこな日本語を喋《しゃべ》るものだから、最初は戸惑ったが、もう慣れた。オクサンはニックネームを『ター』と言うが、チャラが彼女をオクサンと呼ぶので、坂口も同様に呼んでいる。

赤ん坊が生まれたとき、チャラとオクサンは長いこと相談して息子の名前を決めた。日本人も命名には頭を悩ますが、タイではその子の人生を祝福するため複数の意味を重ねて本名を決めるのだそうだ。男の子とか女の子とかのほかに、祝福された、とか、太陽のような、とか、様々な形容詞や縁起のいい言葉を連ねて長くなる。だから本名とは別にニックネームも考えて、呼び合うときはニックネームだ。チャラの本名は『サカムナン』で、オクサンの本名は『ソムジンタ』である。

流産の危機を乗り越えて無事に生まれた息子に、二人は『ベンルン・ラックディー』という名をつけた。ベンは『祝福された子』で、ルンは『男子』を意味するという。ラックディーはチャラの姓だ。ニックネームは『ルン』である。

妻亡き後はパンとインスタントコーヒーだけだった坂口の朝食は、下宿人夫妻のおかげで豊かになった。スープ皿になみなみ盛られるジョークは日本のお粥のようにサラサラとした食感ではなく、時間が経ったお粥のようにモッタリしているわけでもない。薄味がついて日本の粥より遥《はる》かに熱く、米のポタージュという感じ。チャラたちはそれに千切りショウガや香菜を入れ、コショウやナンプラーを加えて食べる。坂口は海苔《のり》の佃煮《つくだに》や山椒醤油《さんしょうじょうゆ》で食べるのが好きだ。

赤ん坊の分は皿にとりわけ、充分に冷まして食べさせる。授乳したばかりというのにルンはジョークを気に入って両手をバタバタさせている。

「先生も生卵入れるカ」

チャラが冷蔵庫を開けて言う。

「卵入れるトちょと冷めるヨ」

夫婦は代わる代わるに勧めてくれる。生卵をジョークに割り入れてスプーンで混ぜると半熟状態になるが、芯《しん》まで火が通ったとは言いがたく、微生物学者の坂口は、つい食べ物以外のことが心配になる。

「日本の鶏卵は比較的安全ではあるけどね、梅雨時の生卵は危険だよ。きみたちは赤ちゃんを育てているわけだから、この時期は生で食べないほうがいい」

チャラは顔を上げて坂口を見た。

「ジョーク熱いデ生じゃないデしょ」

「そうだが充分に加熱したとは言いがたいだろ？　鶏卵はもともとサルモネラ菌を持

っているし、菌が殻に付着しているかもしれない。産みたての卵から菌が出ることは希《まれ》だがね、卵が濡《ぬ》れていると気孔から菌が内部に入り込む。半熟程度では死なないし、サルモネラ菌は猛毒を出すからね」

チャラとオクサンは顔を見合わせ、

「ルンに生卵あげないョ」

と、頷《うなず》き合った。

「それがいい。食べさせる場合はよく火を通すこと。ところでジョークはとっても美味《お》しいよ。日本のお粥は病人食だが、これは、なんというか、活動食だね」

「ナニか？　カツドウショク」

「元気百倍の食べ物ってことだよ」

元気百倍もわかりにくいかと、坂口は両腕を前後に振った。

「どこまでも走れそうだよ、これを食べたら」

「無理すると腰折るョ先生」

心配そうにオクサンが言うので、チャラと一緒に笑ってしまった。

「走ったくらいでは骨折しないよ。日本語としては『腰にくる』もしくは『腰を痛める』が正しいだろうね」

「あら、ソウカ。腰にくる……覚えたョ」

大人が笑うとルンもキャッキャと体を揺らす。お腹が満たされてご機嫌なのだ。最近は唾液《だえき》の量も増えてエプロンがすぐビショビショになる。

機嫌がよくても悪くても、泣いてもウンチをしていてさえも、赤ん坊はひたすら可愛い。大人が世話しなければ死んでしまうほど脆《もろ》い存在なのに、この家の王様はルンなのだ。泣き声ひとつで大人たちをオロオロさせて、笑顔ひとつで幸せにする。

そうだった。赤ん坊はこんなだったな。自我が芽生える前の乳幼児には無条件の愛《いと》おしさがあり、坂口には大人になった息子や娘と、乳幼児だった頃の彼らが同じ存在とは思えない。

「ところでオクサン、チャラくんも。ぼくは今夜帰りが遅くなる。夕食も済ませてくるからね」

二人に言うとチャラがマジマジと坂口を見て、

「何かあったカ」

と、訊《き》いてきた。

坂口は否定の意味で手を振った。

「研究室の一大事とかではないから心配いらないよ。久しぶりに旧友と会うだけだ……旧友、つまり『古い友だち』ね」

チャラは大きく頷いた。

「彼も微生物学者なんだよ。信濃《しなの》大学で教えているんだが、先ごろ穂高《ほたか》連峰の大キレットに露出した永久凍土を調べる機会があったようでね」

二人にもわかりやすく言い換える。

「山で凍った土を調べた……OK？　温暖化で溶けた部分だよ」

若い夫婦は頷いた。

「それで、面白い話があるから会おうじゃないかと連絡をくれたんだ」

「OK、OK。トモダチ大事から行ってこい先生、許すヨ」

ドヤ顔をしてオクサンが言った。


今年六十六歳になる坂口は、帝国防衛医大《ていこくぼうえいいだい》の教授を定年退職後、同じ大学で特任教授の職を得て二年目を迎えた。そしてありがたいことに引き続き微生物の研究を続けている。昨年は大学の研究室から凶悪なウイルスが流出する事件が起きたが、坂口の迅速な対応が功を奏したこともあり、契約を延長できたのだ。

大学は最寄り駅から徒歩十数分の場所にあり、周りは閑静な住宅街だ。さほど広くない通りを進んで行くと、家や商店が途切れた先に鬱蒼《うっそう》と木が茂るキャンパスが見えてくる。街がこれほど静かな理由は、大学が全寮制で、通って来る学生がいないせいもある。妻帯者となったチャラは特例として通学を許されているが、カリキュラムを免除されることはないため、午前八時の国旗掲揚に間に合うよう坂口より早く家を出る。それでいて料理を作るし、オムツも替える。坂口が結婚した当時も女性は社会進出していたが、坂口自身は家庭を妻に任せて外で懸命に働くことが夫の務めと考えていた。だから妻を助けて育児や料理をしようなどと思ったことはない。妻もそれに異存はなかったように思うが、本当は違ったのだろうか。

医師でもある坂口は、要請があれば自衛隊と共に海外へ飛んで後方支援にも当たってきた。命の危険を感じることも何度かあったが、万が一自分が犠牲になっても国が家族を守ってくれると信じていた。今は若い夫婦の子育てにカルチャーショックを感じているし、自分はなぜオムツを替えたり料理をしたりしてこなかったのだろうと我が身を省みることもある。正しいことだ、使命だ、と思い込むなら思考はそこで停止する。坂口が信じた正しさはチャラ夫婦のそれとは違っていたのだ。

「人は死ぬまで学ぶわけだなあ」

前方では、高くそびえた大学のケヤキが風にゆさゆさ揺れている。コンクリートの壁がそれを囲んで、街と大学の敷地を隔てる。

学内への入口は表と裏に二箇所だけ。表門を使うのは正式な客か事情を知らない者で、業者や学生、職員のほとんどは裏門を通って学内に入る。国の防衛を学ぶこの大学は基本的に閉じられており、一般人や他校の聴講者などを受け入れないから、双方の出入り口には目つきの鋭い門番がいる。全寮制もそのためで、坂口が教えるのも在校生のみだ。ここで働き始めて以来ずっと裏門が坂口の『入口』で、表門から構内へ入ったことは数えるほどしかない。

午前七時三十分。すでに裏門の鉄柵《てっさく》は開いている。門の先には業者が荷物を搬出入するためのロータリーがあって、その両側がケヤキ並木だ。今朝は新緑に光が透けて、涼やかな風が吹いている。ロータリー中央にヒゲの守衛が一人立ち、やって来る車や人に目を光らせている。裏門の守衛の中では一番若く、守衛室を通らずにロータリーへ進入してくる車がいれば立ちはだかって門外へ押し戻すのが彼の仕事だ。

今も週に五日大学へ通う坂口は、その人生において自宅よりも大学で過ごした時間のほうがはるかに多い。それでも守衛は顔パスを許してくれない。

裏門の守衛は三人、ヒゲ以外の二人は坂口よりも老齢で、三人合わせて学生たちから『ケルベロス』と呼ばれている。

ケルベロスはギリシャ神話に出てくる冥界《めいかい》の王ハーデスの番犬で、三つの頭と蛇の尻尾《しっぽ》を持つという。三人の守衛は『ヒゲ』と『ギョロ目』と『眉毛《まゆげ》』だが、番犬よろしく強面《こわもて》で愛想が悪く、職務に忠実で、正しく通過しない者を許さない。

「おはようございます」

坂口は箱型屋台のような守衛室にいる『ギョロ目』に向かって帽子をちょいと持ち上げた。箱の脇で両脚を広げ、凜々《りり》しく背中で手を組んでいるのは『眉毛』だ。

「おはようございます、坂口先生。今日は暑くなるそうですよ」

ギョロ目は紙のノートに現在の時刻と、『微生物D・坂口先生』と書き込んだ。『微生物D』は坂口の研究室がある『微生物研究棟D』のことだ。デジタル時代が到来しても、彼らは手書きにこだわり続ける。AIやら何やらが人を化かす時代に於《お》いて、真に信頼できるのはアナログだというのが彼らの持論だ。

そのノートにサインして、坂口はようやく門番の前を通過する。

晴れでも雪でも嵐でも、こちらが急いでいるときでさえ、四角四面に任務をこなすケルベロスを融通の利かないジジイどもだと思ったこともあったけれど、今では彼らを尊敬し、心から信頼してもいる。任務に誇りがあればこそ、彼らは大学のOBとして四角四面を怠らないのだ。ケヤキ並木に足を向けると、

「帽子がこなれてきましたな」

警備室の脇に立ったまま、眉毛が言ってニヤリと笑った。

「そうかね？」

と、坂口も苦笑する。

「新品のときより似合ってきました」

ロータリーからヒゲも言う。自分でもそう思う。

クラウントップに指をかけて被《かぶ》り直すと、坂口は背筋を伸ばして歩き始めた。どんな色にも合うという生成りのパナマ風中折れ帽は、結婚記念日に妻がプレゼントしてくれた品である。ファッションに無頓着《むとんちゃく》だった坂口は最初こそ気障《きざ》な気がして恥ずかしかったが、それが形見となって手放すことはできなくなった。妻の帽子は夏用だったが、秋には子供たちが似たデザインの秋冬用を贈ってくれた。心許《こころもと》ない頭髪を隠すにもちょうどいいので、今では季節違いで愛用している。

構内が広いため、裏門から微生物研究棟Dまでは徒歩で十数分程度を要する。毎朝毎晩長いケヤキ並木を歩きつつ、坂口は頭で仕事の段取りなどを整理する。

特にこの朝は、『ぼくは日本の未来を担う若者たちを教えているのだ』と、何度も繰り返して自分に言った。

この日に限り坂口は、専門の微生物学ではなく防衛関連の講義をすることになっている。大学側に掛け合って、どうしても喋《しゃべ》らせて欲しいと願い出た内容でもある。全学年が一堂に会する学生食堂を会場にして、二千人の学生が聴講する特別講義だ。

大学の附属病院の医師をしている長男からは『やめたほうがいい』と何度も言われた。『そんな講義はお父さんだけでなく、大学や国の恥でもあるから』と。

しかし坂口は自分の意思でそれをする。なぜこの大学からウィルスが紛失したか。

それによって何が起き、どんなふうに沈静化したか。学生たちに語ろうと思う。

責任が誰にあるかという話ではなく、生の話を伝えたい。ここは閉じられた大学で、学んでいる者の多くがやがて国の未来に向き合う道へと進んでいく。だからこそ、この手痛い失敗は必ず糧になるはずだ。


午前九時四十五分。

全学生が一堂に会して昼食をとる決まりの学生食堂には、いく列にも並んだテーブルに制服姿の学生たちが着席している。食事時は向き合って座るが、今は全員が同じ方向を向いている。坂口は廊下の窓から食堂内の様子を窺《うかが》って、二千人の意識が自分に向かう圧力に全身を緊張させた。

坂口自身も研究室で着る白衣ではなく、記章のついた指揮官のシャツに着替えてきた。不思議なもので制服は心に鎧《よろい》を纏《まと》わせる。見栄《みえ》でも威厳を保つためでもなくて、自分が誰で、一番大切なものは何かを確認するために指揮官の外見《そとみ》を纏った。

廊下でひとつ深呼吸すると、坂口はドアを開けて室内に入り、一瞬だけ足を止めてから、真っ直ぐ前を見て臨時の教壇へ進み出た。

学生たちに向き直り、隅々まで声が届くようマイクを握った。

「人間は失敗をします」

考えあぐねて決めた第一声だ。そして食堂の隅から隅へと視線を送る。

「未熟ゆえの失敗か、準備が足りなかったためなのか、偶発的要因がそうさせたのか……慎重且つ周到に任務に当たった場合でも、失敗はある、あり得るわけです……」

講義には慣れているのに心臓がドキドキしていた。学生たちは動かない。同じ制服、同じ姿勢で、一心にこちらを見つめている。遠くでチラリと手を振ったのはチャラだと思うが、それすら一瞬のことであり、彼らの視線に焼かれる気がした。

自分の非を認めるばかりか、公に発表するのは容易ではない。天井を見て呼吸を整え、何度目かの覚悟をしてから先を続けた。

「失敗を肯定する話をしたいわけではありません。完璧《かんぺき》などあり得ないと知ることが大切だという話です。それを知った上で準備すること。想像力を働かせ、あらゆる事態を想定し、対応策を考えておくこと……」

部屋が広すぎて中間より奥に座る者らは頭の黒さしか見えず、最後尾などはただの黒い線である。訓練された彼らは無駄な音を一切立てない。それでも講義に集中しているか否かは空気でわかる。今のところは真剣に聞いている。やはりこの件に興味があって、本当のことを知りたかったのだ。

「それでも予期せぬ事態は起きるわけです」

誰にともなく坂口は頷《うなず》いた。

忘れもしない昨年のちょうど今頃、大学から凶悪なウィルスが流出した。感染すると凶暴化して、動くものなら何にでも襲いかかって貪《むさぼ》り食うという人獣共通感染症のウィルスだ。相手がなければ自分の体を貪り食って、胴体だけになっても死ぬことができず、しばらくの間は生き続ける。坂口はそのウィルスを紛失し、全国民が感染の危険にさらされたのだ。だから話しておかねばならない。ここで学ぶ二千人の若者たちが同じ轍《てつ》を踏まないためにも。

そのウィルスは遺伝子操作で生み出され、坂口が管理する保管庫に冷凍保存されていた。坂口は知らずにそれを解凍し、そして流出させてしまったのだった。

四千の目が坂口を見つめ、四千の耳が坂口の言葉を聞いている。

感染したマウスの映像は電波ジャックで放映され、同時刻にテレビを観ていた全員がウィルスの脅威を知った。それがこの大学から流出したことや、大学の関係者が遺伝子操作で生み出したものだということは伏せられたまま、元凶についての噂が学内を行き交っている状況だ。それはよくないことだと坂口は思う。真実を知らねば学生たちは、この酷《ひど》い失敗から学べない。

学生たちは聞き入っている。そんなものがなぜ生まれ、なぜここにあって盗まれたのか知りたいと、無言のままに訴えている。

坂口は殺人ウィルスの誕生と、その後の経緯について主観を述べた。主観でしかものを言えないのは当事者らがすでに死亡しているからだ。

「長く研究を続けていると、天恵を賜る瞬間があります。おそらくはゾンビ・ウイルスもそのようにして誕生したと、個人的には考えています。研究者はその特性に戦慄《せんりつ》しながらも、敢《あ》えてよい面だけを見ようとした。よい特性が人類の未来に貢献すると、自分はそういうものを創り出すことに成功したのだと、信じたかったのかもしれない。その気持ちが理解できるからこそ余計に、注意が必要と思うのです」

一連の出来事を思い出すとき、今も手のひらに汗をかく。坂口は一呼吸置いてから、

「主観を恐れず言うのなら、その研究者は傲慢《ごうまん》だった。罹《り》患者《かんしゃ》の細胞を一定期間生かし続けることができるというゾンビ・ウイルスの特性が、再生医療や創薬に応用可能だと考えて処分に踏み切れなかったのです。そしてあの騒ぎが起きました。

私自身はこう考える。応用できる力がまだない今は、あれを世に出すべきではなかったし、創るべきではなかったと。どれほど腕に覚えがあっても、冷静に結果を判断できないならば、その領域に踏み込むべきではないと。みなさんはどう思うでしょう。科学者は神ではない。悩むことから逃げてはいけない」

聴講席の真ん中あたりで、一人の学生が挙手をした。

坂口が指して頷くと、学生は言った。

「科学者は神でナイ。わかります。では質問です。科学者は何デスカ？」

「そうだなあ……」

　と、坂口は苦笑して頭を掻《か》いた。

「科学者は人間です。普通の、一般の、市井に暮らす人間です。ただ、科学者は世界を変える種をまく。種は育てる者によって、よくも育つし悪くも育つ。ひとつの発見、ひとつの技術、ひとつの発明、それは科学者の冥利《みょうり》だが、公表されれば万人のものになるわけだ……探求者が百の発明をしたとして、公になるのはひとつか、それ以下」

　一律に並ぶ頭のうち、いくつかが動いて、いくつかが頷く。坂口はさらに続けた。

「愚直に探究していればそれでいい、というわけではないところが悩ましい……我々は問われ続ける。それは世の流れに則《のっと》っているのかと。常に状況に目を光らせていて、タイミングよく提案しないと、研究資金の調達ができないからね」

　学生たちは微《かす》かに笑った。笑い事ではなくもっと切実な問題なのだが、彼らが学者になったとき、本当の意味でこの言葉を理解することだろう。研究発表のタイミングを見計らい、その研究が如何《いか》に有用で何を生むかを提案して研究費を引っ張ってくるのが学者の仕事のひとつだし、決して安穏としてはいられないのだ。

　そんな中でも学者は夢を持っている。予算獲得に繋《つな》がる論文を書いて研究成果を上げながら、真に探究したいテーマに挑み続ける。それはあたかも遠い光に意識を注いで霧の海を泳ぎ続ける遭難者のようだ。

坂口は次にゾンビ・ウイルスの特性について話した。学生たちは声も発さず、視線を交わすこともなかったが、パンデミックを引き起こしていたかもしれないウイルスの特性を知ると、動揺と恐怖が波動となって食堂を震わせた。

四十五分の講義を通じて坂口が伝えたかったのは、そのウイルスに関わった者は、自分を含め全員がリスクに比して圧倒的に危機感が欠如していたという現実だった。

「失敗はある。ぼくは最初にそう言った。失敗から学ぶ側面はあるとしても、後悔を伴う失敗は、それはもう恐ろしいです、本当に恐ろしい……ぼくはね……未《いま》だにあのときの夢を見るんです。うなされて飛び起きて、夢だ、もう終わったんだ、と自分に言い聞かせている。あのときのあの瞬間、ウイルスの危機と妻の最期を天秤《てんびん》にかけたことを生涯後悔し続ける。ぼくは研究者として踏みとどまることをしなかった。そして処分を他人に任せた。これが大きな間違いでした」

そして伝えたかった言葉をまとめた。

「有事に直面したとき……平常時ですら、我々は常に選択を迫られます。ぼく自身はそのたび迷う。でも、それでいい。学者でも戦士でも一般人でも、迷いや悩みは恥ではない。過大な自尊心が作用して悩めなくなることのほうが恐ろしいです。だから、どうか、悩んでください。たくさん迷って考えて、取るべき道を決めてください。その一瞬に踏みとどまって悩む勇気を持ってください。他人《ひと》任《まか》せにしてはいけない。後悔をしたくないのなら」

講義を終わります、と頭を下げたとき、拍手が起きた。

正体不明のウィルスを覚醒《かくせい》させたばかりか流出させてしまった坂口は、侮蔑《ぶべつ》の反応を覚悟していたが、拍手がくるとは思わなかった。

坂口は耳まで真っ赤になって、手の甲で鼻を拭《ぬぐ》いながら食堂を出た。

廊下に同じ研究室の助教が立っていて、やはり静かに拍手をしていた。ウィルス流出時に危機感を共有し、共に奔走した二階堂《にかいどう》という青年だった。

「お疲れ様です――」

と、二階堂はクールに笑った。

「――さっきまでここに学長もいましたよ。坂口先生が何をスッパ抜くつもりか心配そうな顔でしたけど、講義を聞いて安心されたようでした。責任論にはしなかったんですね」

洟《はな》をすするのが恥ずかしかったので、坂口は二階堂の前に出て歩き始めた。照れ臭すぎて、感動もして、学生たちが食堂を出てくる前に自分の棟に戻りたかった。

「責任の追及はぼくの仕事じゃないからね。それに、ウィルスを盗もうとした奴ら以外に悪人はいなかったわけだし……いたのは弱い人間だけだよ」

「まあ、そうですね」

二階堂も後をついてくる。この若い助教はイケメンで女子学生に人気があるが、顕微鏡を覗《のぞ》くばかりの生活で浮いた噂のひとつも聞かない。

「ぼくとしては坂口先生が学生に事情を話してくれてスッキリしました。何を開示して何を隠すべきなのか、駆け引きみたいなのは不得意で、どっかでチョロッと余計なことを口走らないか、ずっと気が気じゃなかったですよ」

「わざわざ吹聴することでもあるまいし、きみなら大丈夫だと思うがね」

学生食堂のある棟を出て、築山《つきやま》や雑木の間を裏門の方角へ進んで行く。坂口らの研究棟は裏門に近い位置にあるのだ。

梅雨の晴れ間というのだろうか、日光が梢《こずえ》を透かして地面に届き、水滴の影が重なるようにキラキラしている。もっと葉が茂ると鬱蒼《うっそう》とした感じになるが、初夏の木陰は爽《さわ》やかで美しい。

「ああ、そうだ」

と、背の高い二階堂を振り仰いで坂口は言った。

「信州《しんしゅう》の大学で教えている友人が十日ほどこっちへ来ていてね……都内には微生物の専門的な研究室がたくさんあるだろう？　それで会わないかと誘われたんだよ」

「ご友人も研究者ですか」

二階堂は並びに来て訊《き》いた。

「原生生物の専門だ」

「アメーバとかゾウリムシとか」

「真核藻類とか卵菌類とかね」

「うわぁ、そうかぁ……原生生物は面白いもんな……特徴も色々で類縁関係の検討がしきれていないわけでしょう？　ぼくも好きですよ、原生生物の、特に原生動物が。あいつらはきれいで独創的で、宇宙を感じるじゃないですか。ゾウリムシなんか、ずーっと見ていられるもんなぁ」

「友人も同じことを言ってたよ。最近は温暖化で溶け出た永久凍土を調べているようで、穂高連峰の大キレットで面白いものを見つけたと連絡をくれたんだ」

「面白いものってなんですか？」

二階堂は食い気味に訊《たず》ねてきたが、坂口は答えを知らない。

「話を聞かせてやるから出てこいというんだよ」

「なんだ、ずるいな……そういう話ならぼくも聞きたかったのに」

研究棟が見えてきた。校舎の裏側といった佇《たたず》まいの建物は、避難口さながらの開口部に『微生物研究棟D』と書かれた小さいプレートが貼ってある。そこがエントランスで、入れば昇降口のような暗い下駄箱が待っている。

「ぼくのほうで勝手に人数を増やすわけにもいかないからね、今日のところは留守番していたまえ」

靴を脱ぎ、下駄箱に入れて、履き古されたゴムのサンダルを出す。黒いマジックで『微生物研究棟D』と手書きされたサンダルだ。二階堂も靴を脱ぎ、

「残念ですけど、詳しい話は坂口先生から聞けってことですね」

ゴムのサンダルに履き替えると、そう言って長い廊下を去って行った。

その日の夕方。

坂口は制服をスーツに着替えて定時に研究室を出た。長いケヤキ並木を通って裏門まで行き、門番のケルベロスに挨拶《あいさつ》すると、

「今日は早いお帰りですな」

と、眉毛が言った。

「先生んとこの研修生も、ついさっき帰っていきましたがね、イベントですか？」

「彼とは別だよ。ぼくは久しぶりに友人と会うので、家にはまだ帰らない」

「それは楽しみだ」

記帳しながらギョロ目が笑い、ロータリーの真ん中でヒゲが軽く敬礼をする。

夕風爽やかな住宅街を駅へ向かって、坂口は意気揚々と歩いていった。

友人は古屋《ふるや》といって、山梨県笛吹《ふえふき》市の出身だ。学会で知り合って懇親会で友好を深め、付き合いはすでに十年を超える。ただ、向こうはまだ現役の大学教授で、研究者としても脂ののった五十代である。フィールドワークが大好きで、興味をそそる事案があれば教え子を連れてどこへでも行く。そのせいか学者というより探検家のような風貌《ふうぼう》をしている。坂口が妻を亡くしたときは国外から弔電が届いた。そのときも永久凍土を追っていたのだ。

そんな彼と会うために坂口がやって来たのは日本橋《にほんばし》の高級ホテルで、東京タワーが見える最上階のラウンジに席を取ってあるとのことだ。小洒落《こじゃれ》た店で飲むよりも焼き鳥屋で一杯やるほうが坂口の趣味に合っていたが、フィールドワークばかりの彼は、たまには高級ホテルのラウンジでゆっくりしたいのだそうだ。

外はまだ明るくて、街は家路を急ぐ人々で溢《あふ》れている。立派な構えのエントランスに制服に身を包んだドアマンを見て、坂口は妻の帽子を被《かぶ》り直した。ドアを開けてもらってロビーへ入り、フロントの脇を通過してエレベーターを呼ぶ。

高級ホテルに臆《おく》する歳ではないものの、こういう建物に入るとやはり自然と背筋が伸びる。大理石貼りの壁に自分を映してネクタイを直し、最上階に着くと箱を出た。ラウンジの入口にいたスタッフがにこやかに訊く。

「いらっしゃいませ。ご予約のお客様でしょうか」

友人の名前を告げると、スタッフは流れるように腕を伸ばした。

「お待ちしておりました。どうぞ、ご案内いたします」

案内されたのは東京タワーが見える窓際の席だった。

「先に何かお召し上がりになりますか？」

問われたので、

「友人が来てからにするよ」

と答えると、スタッフは軽やかに会釈して水だけ運んできてくれた。テーブルには二人分のグラスやカトラリーのほかに、夜間に照明を落としてから灯《とも》すキャンドルなども置かれている。静かで落ち着いた雰囲気の店だった。

時計を見ると約束の時間には十分ほど早かった。遠い山際に残る太陽の赤さが、落ちてくる夜の色とせめぎ合い、暮れていく都会に東京タワーが突き出してプラスチック模型のように輝いていた。遠くからポッポッと瞬き始めているのは街の光で、ひとつひとつが人の存在を示している。人間だからと偉そうにしていても、こうして見ると電子顕微鏡内に漂う微生物の世界のようだ。

微生物学者が顕微鏡の中に見るものは、実は無限宇宙なのかもしれないなあ。

それは二階堂くんの言葉だったか。

約束の時間になったが古屋は来ない。申し訳ない気がして坂口は、スタッフにオレンジジュースを頼んだ。乾杯のための酒は友人が来てからにする。

再度時計を見たときは、約束の時間を十五分ほど過ぎていた。このホテルに泊まっていると思っていたが、そうではないのか。道が混んでいる……というのは考えにくいし、交通機関の遅延があったということか、それか用事が立て込んでいるのかな？　だとすれば連絡をよこしてもよさそうなものだが。

約束の時間を三十分過ぎたとき、坂口は席を立ち、ラウンジの外で古屋に電話した。

――おかけになった電話は電源が入っていないか、電波の届かない場所に……――

機械音がエクスキューズを語るばかりで、不通であった。

さては自分がうっかり日時を間違えたのかと思ったが、席はチャージしてあったのだからそうではなかろう。携帯電話が繋《つな》がらなければ、ほかに坂口が知っているのは古屋の自宅の番号だけだ。

突然で失礼かもとは思ったが、坂口は古屋の自宅に電話をかけた。

ラウンジへ向かう客たちがエレベーターを降りてくる。彼らの邪魔にならぬよう壁際に身を寄せて、通話の発信ボタンを押した。コールを待つ間にも古屋が乗ったエレベーターが着くのではと思っていたがそうはならず、何度目かのコールでようやく相手の声がした。

——古屋でございます——

奥さんらしかった。

「古屋先生のご自宅でしょうか。私は帝国防衛医大の坂口と申す者ですが」

——……ああ……はい……——

と、奥さんは言う。

「実は、今日と言いますか、今ですね、古屋先生との約束で日本橋のホテルに来ているのですが、お見えにならないのです。携帯に電話しても繋がらないので……」

何かあったのではと続ける前に、相手はすすり泣くように呼吸した。坂口は、

「何かありましたか？」

と、すぐに訊ねた。

——それが……——

奥さんは言いあぐね、

——わからないんです——

と、ため息を吐いた。

「え」

坂口は続きを待ったが、何も言わない。

「東京へはおいでになっているんですよね」

――はい――

「学会の用事とかで？」

――そう思います――

「このホテルにご宿泊では？」

奥さんが告げた連泊先はここでなくて神田のホテルのようだった。だとしたら、こちらへ向かっている最中だろうか。

考えていると唐突に、

――主人は数日前から行方知れずで――

と、彼女は言った。

「ゆくえしれず？」

――もう……なんだかわけがわからない……明日まで神田のホテルに泊まっているはずでした。でも、姿がないと言うんです……主人と約束していたのなら、何かご存じないですか？　主人とはどんなお約束だったのでしょう――

逆に問われて坂口は戸惑った。

「どんなというか……面白い話があるからたまには呑《の》もうと」

――それで日本橋におられるんですね？　それで、主人は――

「約束の時間を過ぎたので心配になって電話してみたわけですが、あの、行方知れずとは」

ああ……と、彼女は言葉を呑んだ。坂口はさらに人気のないほうへ移動して訊《き》く。

「どういう話なんですか？」

——日曜の朝早くに警察から連絡があったんです。ご主人はおられますかと。それで、東京に行って留守ですと答えました。ホテルの場所を訊かれたので伝えたら、今度は主人から連絡はあったかと……でも、出張中は連絡してこない人ですから……今から帰るという連絡しかよこさないんです。だからそう言いました。なんで警察が電話をくれたんですかと尋ねたら、主人の着衣と身分証、あと靴が、神田駅近くの路上で見つかったからと——

「着衣と靴と身分証？」

追い剝《は》ぎに身ぐるみ剝がされた、と咄嗟《とっさ》に思った。金目のものだけ奪い取り、あとは路上に捨てたのか。それなら本人はどこにいる？　でもまさか現代にそんなこと。

「それはいつ？……ああ、昨日でしたね、失敬、つまり古屋くんは何かの事件に巻き込まれたということですか」

——毛髪もあったというような話も聞かされて、何が何だかサッパリです。メガネは宿泊していたホテルの屋上に……——

毛髪？

「髪を切られたということですか？　メガネは屋上？　え」

古屋くんのメガネ？　と、少し思った。

――どういうことか、私はおかしくなりそうです――

「確かにそれじゃなんのことだか……路上に服だけ落ちていた？」

――そこもよくわからないんです。土曜にホテルから警察に電話が入って、搬入スペースに何か落ちてきたからと……警察の人が行ったら着衣と靴が荷台や路面にあったと言うんです……毛髪も見つかって……どういう状況だったのか、聞いてもよくわからなくて、でも身分証は主人のものでした。屋上のメガネも主人のものです。

大学に電話したら主人は出張中だと仰《おっしゃ》って、それはその通りなんですが……主人の携帯電話は宿泊していたホテルの部屋に、荷物と一緒にあったそうです。電源は切れていたって……そんなことってありますか？　警察が言うには、宿泊した夜に部屋を出て屋上へ向かう主人の姿が防犯カメラに映っていたと……でも、そんなはずはないんです。あの人は高所恐怖症だから、好き好んで屋上なんかに行きませんし、自殺なんかするはずもないです――

たしかに古屋くんは高いところが好きではなかった。研究のためなら山にも登るが、いつも足がすくむと言っていた。万が一にも自死を選んだとして、それが飛び降りというのはあり得ない。

「自殺だと、そう言われたんですか？」

問うと奥さんは慌てて答えた。

——だからそんなはずないんです……服以外は見つかっていないので……——

「そうですね。もちろん自殺なんてあり得ない。ぼくに連絡をくれたとき、古屋くんは活力に満ちていたし……現にこうして店を予約しています」

奥さんは狼狽《うろた》えた声で言う。

——主人に何が起きたんでしょう……教えてください坂口さん、教えてください。誰か……どうか……私に教えて……——

「奥さんはいま、松本《まつもと》のご自宅におられるんですね」

——警察から連絡が来るのを待っています——

「じゃあ……では、これからぼくが古屋くんの泊まっていたホテルへ行ってみますよ。毛髪というのも何のことだかわからないし、服や靴がどんな状態で落ちて来たかもわからないわけですね？　それじゃ心配のしようもないし、混乱するばっかりだ。とにかく現場へ行ってみて、誰かに話を聞いてきますよ」

——ありがとうございます、ありがとうございます——

「そうしている間にも、本人がひょっこり連絡して来るかもしれません。きっと、そうかもしれませんん」

奥さんは「ありがとうございます」を繰り返すばかりだ。

坂口は電話を切ってラウンジへ戻り、チャージ料とジュース代を支払った。

古屋と話しながら眺める予定だった東京タワーは、街の明かりを従えて、赤く、黄色く輝きながら、夜空にそびえ立っていた。


古屋が宿泊していたホテルは神田駅に近い場所にあり、表通りにエントランスを構えていた。一階に商業店舗が入っていて、そうしたブースを奥へと進んだ先にフロントがある。坂口はコンシェルジュを探して声をかけ、宿泊しているはずの友人の名前を告げた。コンシェルジュは男性で五十代くらいに見え、落ち着いた物腰で真摯《しんし》な対応をしてくれた。つまり、他の客たちに会話が聞こえないよう坂口をロビーの椅子へと誘導し、はす向かいに掛けて瞳《ひとみ》を覗《のぞ》き、

「古屋様は宿泊しておられません」

と、言ったのだ。

「それはおかしい。明日までこのホテルにいると聞いていますよ。約束の席に現れないので来てみたんだが――」

先《ま》ずは当たり障りのない言い方をした。

「――もうチェックアウトしたのでしょうかね？」

コンシェルジュは複雑な表情だ。ゲストのプライバシーに踏み込むことはできないのだろう。

「当ホテルにおられないことは確かです」

そこで坂口は作戦を変えた。かつての彼ならここで簡単に引き下がっていたと思うのだが、ちょっとばかり警察関係者と知り合いになってやり方を学んでいたから、わずかにイヤな間を空けて、身を乗り出してささやいた。

「……彼の着衣が見つかった場所はどこかね？　教えてくれないか――」

曖昧《あいまい》な笑みを貼りつけていたコンシェルジュの表情に、一瞬だけ血が通う。

坂口はさらに言う。

「――友人として事情を知りたいだけなんだ。奥さんが動揺していてね」

「承知しました」

彼はポケットからメモ用紙を出すと、サラサラと何かを描いた。

「お気持ちはお察しいたします。残念なことに古屋様の事情を存じ上げている者は当ホテルにはおりません。でも場所でしたら」

そして素早く畳んで坂口の手に握らせた。瞳を覗き込んで誠実な顔で言う。

「私どもも古屋様のご無事を祈っております」

坂口は礼を言って立ち上がり、ロビーを出てからメモを開いた。ホテルの裏へ向かう道と×印が描かれていた。着衣が見つかった場所と思われる。

正面から建物を出て、大通りに沿ってしばらく歩き、交差点を曲がって建物の背後へ回り込み、裏通りからさらに路地へと入り込む。路地はホテルの裏へと続き、そこに荷捌《にさば》き用の駐車場と裏口があった。トラックなら二台程度は置けそうだ。

×印が示すのは大雑把にこの場所だが、毛髪や着衣を捨てるのになぜここが選ばれたのかわからない。着衣はまとめて置かれていたのか、毛髪はどんな状態だったのか。

路地の端まで下がって見上げると、壁面に剝《む》き出しのダクトや配管よりもずいぶん上に当該ホテルの屋上と鉄柵《てっさく》が少しだけ見えた。路地の反対側もビルであり、それより奥には十二階建てのビジネスホテルが建っている。時刻は午後七時半を過ぎて、裏路地には人影もない。誰かに事情を尋ねようにも裏口で働くスタッフもいない。

何か落ちたと通報があったなら、古屋のメガネが残されていた屋上から着衣や靴が投げ落とされたということだろうか。なぜ捨てた？　屋上に置いたままなら人目につかずに済んだだろうに。

路地は車一台がようやく通れる程度の幅で、排水溝の蓋《ふた》はグレーチングだ。このところ雨が多いので埃《ほこり》が水の流れを描き、グレーチングの網目に黒髪がへばりついている。坂口はかがみ込んでそれを見た。もしや古屋くんの毛髪だろうか。奥さんから話を聞いたときには髪を切られたのかと思ったが、髪はカットされたのではなくて毛根ごと抜け落ちているように見えた。

「……はて」

しゃがみ込んで窺《うかが》っていると人影が差し、顔を上げると初老の警備員が怪訝《けげん》そうに見下ろしていた。

「ああ、いや、これは」

坂口は立ち上がり、帽子のクラウンに手を置いた。

「どうしましたか」

と、警備員が訊《き》く。

「友人が着衣を残して消えたと聞いて……――」

荒唐無稽《こうとうむけい》な話に水を向けると、警備員が訳知り顔で頷《うなず》いたので、

「――もしやご存じなんですか？」

坂口は向き合って警備員の顔を見た。

日に焼けた顔はケルベロスのヒゲを思わせる。歳は坂口よりも上だろう。警備員は耳の後ろに指を這《は》わせて、言葉を探しているようだった。

「そう……ご友人だったんですか……あれが」

などと言う。『あれ』とはどういう意味だろう。坂口は首を傾げた。

「着衣と靴と身分証、あとメガネが見つかったと聞いていますが」

「まあ、そう……そうだねぇ」

含みのある言い方をするので、

「違うんですか？——」

と、思わず訊いた。

「——彼とは今日会う約束をしていたんです。でも、来ないんだ。それで自宅に電話をしたら、服を残して消えたという。どういうことかわからないので、取りあえずここへ来てみたんです。あなたは事情をご存じですか？　そうならぜひ教えて欲しい。私もだが、ご家族が心配しておられるのでね」

警備員はチラリとホテルの通用口を見て声をひそめた。

「事情がわかる人なんて、いるのかねえ」

「でも、警察に電話したと聞いていますよ、ホテルの人が……もしやあなたが？」

彼は頷き、さらに低い声で言う。

「うーん……あれがさぁ……まあ、土曜日の夕方だったよ。騒ぎがあったのはね……だって……まあ……骨みたいのも交じっていたしね——」

坂口は驚いて目を見開いた。

「——服とか靴とか言ってるけども、なんていうかなあ……骨と歯がさ」

「白骨化していたというんですか？……それが友人の服を着ていた？」

「そうじゃないよ、中身が溶けていたっていうか……うん……やっぱり溶けていたんだろうなあ、あれはなあ」

「え……」

状況を思い出してか、警備員は顔をしかめて咳払《せきばら》いした。そして何度も目をしばたたきながら話してくれた。

「大雨だったですよ、そのときは……夕方でね、ここを人が通ってたんです。あとは遅れた荷物が到着したんで、ここに箱型のトラックが一台停まってましたよ。したら、その上に、何かがベチャーッと落ちてきた。でっかい柿が熟したみたいな。で、すぐに悲鳴が聞こえてさ、こっちを見たら、そこに靴が落ちてんだ。中に靴下が入ったままでね。ズボンと上着は荷台の屋根に引っかかってて、そこから中身が……」

エッ、エン！　と痰《たん》を切る。

「中身というか、赤茶色のヘドロみたいのがトラックのボディを垂れてきて……すごい雨だったんで見る間に流れて……悲鳴を上げたおばさんなんか地面に尻餅《しりもち》ついちゃってたね。外へ出たらば骨みたいのがあったんで……それで警察を呼んだんですよ」

「……じゃ、毛髪は」

警備員はトラックが停まっていたらしき場所を振り向いた。

「運転席の屋根から流れてきてね。そのときはまだ脱げたカツラみたいだったけど、雨に打たれてバラバラに」

「人間だったんですか？　服だけでなく中身もあったと」

「わからんけど、そうじゃねえのかなあ……歯もあったんだから」

そして同情するように首を左右に振った。

「そんなこと家の人には話せねえでしょ？　バラバラどころかドロドロなんて……だからさ、ほら……なんだっけ、ナントカ鑑定とかやるんじゃねえの」

「DNA鑑定ですか」

「そう、それ。そういうのでもやってからでなきゃ、話せねえんじゃないのかな」

どう答えていいものか、坂口は口をつぐんだ。そもそも状況が……話を聞いてなお、よけいにわからなくなっていた。

「どうしてそんな」

と、つぶやくと、真面目な顔で警備員は言った。

「それはこっちが聞きたいよ――」

そして坂口に背中を向けた。

「――人間があんなふうになるかね？　そうじゃないなら何なんだ？」

足元のグレーチングにはまだ毛髪が引っかかっている。行方知れずと奥さんは言ったが、警備員の話が本当ならば、古屋は文字通りに消えたのだろうか。

坂口は顔を上げ、大急ぎで路地を出た。コンビニを探して密閉できるビニール袋と使い捨て手袋を買い、レジ横のコーナーから割り箸《ばし》を頂戴《ちょうだい》して現場へ戻った。

警備員の姿はもうなくて、路地を駅へ向かうサラリーマンとすれ違った。坂口はハンカチを三角形に折って口を覆い、呼吸を止めて手袋をはめ、割り箸を使ってグレーチングに残された毛髪を摘《つ》まみ上げた。それを割り箸ごとビニール袋に入れて密閉し、袋を二重にしてから手袋も裏返して別の袋に入れ、同様に密封した。それらをさらに袋に入れてカバンにしまい、大急ぎでその場を後にした。

Chapter 2　蟬人間

翌朝は雨だった。どこもかしこも灰色で、空気は湿り、静かであった。坂口は駆けるような速度で最寄り駅から大学へ向かい、カッパを着てロータリーに立つヒゲの守衛と、守衛室の中に立つ二人の爺《じい》さんに挨拶《あいさつ》をした。

「おはようございます、坂口先生。昨晩は旧交を深められましたかな」

シュナウザーという犬のように眉毛《まゆげ》の長い爺さんが、ノートを広げてそう訊いた。脇でギョロ目が答えを待っている。もどかしい口調で坂口は言った。

「会えなかったよ」

眉毛とギョロ目は揃って怪訝そうな顔をした。

「急用かなにかで？」「それは残念でしたなあ」

同時につぶやく。

雨水がカウンターにかからぬよう傘を傾げて、坂口はカバンを抱えた。

「……約束を破るような先生じゃないんだ、彼は……だから……」

ロータリーのヒゲが振り向いた。坂口は傘の柄を首で挟んで帽子をかぶり直した。

「ちょっと色々調べてみないと」

眉根をひそめて自分を見ているケルベロスに言う。

「そういうわけで今日は帰りが遅くなる。あとで書類を送るから」

「ご苦労ですな」

と眉毛が言って、

「申請書類は午前中にお願いしますよ」

ギョロ目はギロリと坂口を睨《にら》んだ。

「そうするよ」

カバンを抱えてケヤキ並木に入って行くとき、ヒゲが頷《うなず》くのを坂口は見た。


坂口の研究室は研究棟の二階にある。雑然と物で溢《あふ》れたその部屋は、人生のほとんどを過ごしてきたという点で自宅よりも落ち着ける場所だ。打ち合わせ用のスペースが六畳ほど、坂口が執務に使うスペースが三畳ほど、簡素な壁に書棚が置かれ、天井のダクトは剝《む》き出しだ。

打ち合わせ用のスペースに四人掛けのテーブルがあって、そこにだけ鮮やかなテーブルクロスがかけてある。妻が生きていた頃は、部屋の殺風景さをなんとかしようと明るい色のクロスを選んで、掃除に来るたびかけ替えてくれた。これはそのうちの一枚で、しばらくは坂口が自分でかけ替えていたのだが、テーブルに積み上がっていくあれこれをどかすのが次第に面倒臭くなってきて、今では黄色い花柄のクロスがかかったままになっている。

鍵《かぎ》を開けて部屋に入るとテーブルとの隙間にカバンを置いた。毎月増える研究誌や、企業が送ってくるサンプルや、昨日食べた昼食のゴミなどを片付けないと、打ち合わせをする場所もない。

「ああ……こりゃいけない」

取りあえずゴミだけ捨てたが、ゴミ箱も一杯だ。ゴミの山を押しつぶし、研究誌が入った封筒をいくつか重ねて手に持った。棚に置こうとしたのだが、すでに物で崩れ落ちそうになっている。四脚のうち物が少なそうな椅子に封筒を載せて、やれやれと坂口は自分を嗤《わら》った。時間があるときにきっちり整理しようだなんて、考えているからこうなるのだ。取りあえずでも物の置き場を決めないと、これではサンプルを取り出すスペースもない。しかも時間があまりに惜しい。

「どうするかな」

散らかった部屋を眺めて考えることしばし……坂口は椅子二脚に載ったあれこれを

床に下ろすと、その椅子を本棚の前に並べて、テーブルにある物をすべて積み上げた。とにかくこれでテーブルが使える。明日は早く出勤してきて部屋の掃除から始めよう。満佐子はもういないんだから、自分でやるより仕方がないのだ。

テーブルが片付いたので黄色い花柄のクロスを剝《は》いで、新しいクロスに掛け替えた。亡き妻が選んで書棚の引き出しに入れた分から、オリーブ色の森で小鳥が遊ぶデザインを選んだ。テーブルにかけて皺《しわ》を伸ばすと再びカバンを載せて、路地で採取してきたものを取り出した。透明なビニール袋に入れられたそれは生々しい頭髪で、ゲル状の何かで汚れている。上着を脱いで白衣を羽織り、坂口は椅子を引いて座った。

袋越しに矯《た》めつ眇《すが》めつ髪を眺める。そして「うん」と、自分に言った。

開封はやはりエアロック付きの部屋でやるべきか。

微生物などという見えないものを相手にしていると、あらゆる空間や空気にさえも常にそれらの存在を感じる。ヒトと微生物とは関係が深いが、中にはヒトにおぞましい影響を与えるものもある。神経質になりすぎると生活にも支障が出るから、研究と日常は切り離して考えているものの、こうしてひとたびスイッチが入れば恐怖を伴う探究心に取り込まれていく。

古屋くん、きみに何があったんだ？

坂口は毛髪に訊《き》く。

彼の奥さんにはまだ電話をしていない。警察同様に何を伝えたらいいかわからないからだ。彼の着衣がドロドロの中身を伴ってホテルの屋上から降ってきたこと。トラックに当たって砕け、多くが排水溝に吸い込まれていったこと。わかっているのはそれだけで、果たして中身が彼なのか、人だったのかも不明のままだ。

髪はまだ黒々として、白髪が数本交じっている。毛根はよくわからない。付着物で汚れているからだ。

坂口は立ち上がり、プリンターから白紙を出してきて、毛髪が入ったビニール袋の下に敷いた。こうすれば髪と付着物がよく見える。ビニールの上から指で押し、付着物の色を確認すると、それは黒ずんだ錆色《さびいろ》をして、ペタペタとビニールに張り付いてきた。粘着性の何かだ。目の高さまで持ち上げて窓の明かりにかざしてみると、埃《ほこり》や不純物で汚れていた。

きちんと分離しよう。そんなことを考えていたら、

「坂口先生」

声とノックの音がした。

「はい」

返事をするとドアが開き、黒いTシャツに白衣を引っかけた二階堂が入って来た。テーブルが片付いているのに目を丸くして、

「どうしたんですか？」

と、真顔で訊いた。坂口が手にしたビニール袋に注意を向けたのはその後で、スマホを握って近づいてくる。

「サンプルですか？　髪の毛？」

手を出してきたので、坂口はビニール袋を遠ざけた。

「わけありでね」

「わけとは」

二階堂は立ったまま首を傾げ、思い立ったようにニコリと笑った。

「あ。例の先生か。面白い話がそれですね！　どんな話だったんですか」

今さらながら古屋と会う約束を彼に伝えたことを思い出す。

「そうなんだけど違うんだ。彼は約束の場所に来なかったんだよ」

「すっぽかしですか？　それともドタキャン？　え……せっかく話を聞きに来たのに」

心底残念そうな顔をする。坂口がビニール袋を端へ寄せるとテーブルのはす向かいに腰を掛け、眉《まゆ》をひそめて坂口を見た。

「どうやら、そういう話でもないようですね」

「うん。彼はホテルから消えていたんだ。こっちには今日まで滞在する予定だったから、奥さんも警察から連絡が行くまでそれを知らなくってさ」

落ち着こうとして坂口は、チラリとハンガーの帽子を見つめた。古屋くんの奥さんは眠れぬ夜を過ごしただろう。電話したくても彼女を安心させてやれる情報がない。

「どういうことです?」

二階堂がビニール袋に目をやったので、坂口は聞いてきたこと、見てきたことを、主観を交えずに伝えた。

「服の中にゲル状の何かと人骨って……え……待ってください。じゃあ、そのまま彼とは連絡が?」

「取れないんだ。もっとも、携帯電話はホテルの部屋にあったんだから」

二階堂は眉をひそめた。

「携帯電話を置いたままってのも妙ですね。出先なら余計に連絡手段が必要なのに……でもそれで、屋上へ向かう姿はカメラに映っていたってことなんですね?……そのあとは?　戻る姿や屋上から飛び降りる姿なんかは……え、でも衣服が落ちてきたのはその数日後?　それからずっと屋上に……いたわけないか……」

二階堂は言葉を切ると、

「……まあ、そうか……いたわけないか」

勝手に納得して頭を掻《か》いた。

「……で？　それがグレーチングに残されていた髪の毛なのか。そうですね」

「そうなんだ。気になって持ち帰ってきたんだが」

坂口はビニール袋を指で突《つつ》いた。

「厳重に保管したのは何か感じたからですね。本当に人体だったと思うんですか」

「……いや……」

自分は何を予測したのだろうと、坂口は心を覗《のぞ》く。

「バクテリアは人体を溶かす。だがそれは、死んで免疫機能が働かなくなったか、特殊なレンサ球菌などに感染した場合で」

「文字通りに溶けるわけでもないですからね。患部を壊死《えし》させるだけならともかく」

と、二階堂は首を捻《ひね》って考える。

「フィブリンを分解する血液毒もあるけどな、全身が溶けたりしませんし、血液毒のプールに浸《つ》けたとしても……溶けるわけでもないしなあ……抗酸菌のマイコバクテリウム・レプラエとか」

「その菌は内臓を溶かさないよ」

「たしかに……じゃ、何か別の理由ですかね。溶けたように見えただけ、とか」

二人で袋入りの毛髪を見つめた。

粘液性の汚れはヒトの一部か、それともただのゴミなのか。

「坂口先生はどう考えておられるんです？」

と、二階堂が訊く。

うん、と坂口は頷《うなず》いた。

「上から落ちてきたというのがね……いや……バカバカしい話だが……」

「エボラ出血熱とか、そういうことを考えているわけですか」

「エボラではないと思うね。もしもそうなら大変だが、エボラでは跡形もなく溶けたりしない」

エボラ出血熱は最凶の伝染病で、罹患者《りかんしゃ》を内部から〝崩壊〟させる。そしてウイルスだらけの血液を穴という穴から噴き出して、次の罹患者に乗り移るのだ。その状況がどんなに恐ろしくても、着衣だけになるなんてことはない。

「ほんとうに溶けていたんですかね」

と、二階堂が訊く。

それがわからないから困るんだ。

「とにかく付着物を調べてみようと思う。何もなければそれでいいから」

「よくはないでしょ」

二階堂は真剣に言う。

「ご友人が行方不明になってるわけで、一大事じゃないですか」

その通り。古屋くんに何があったのか。考えていると二階堂がまた言った。

「調べるならご一緒しますよ。こう言っては不謹慎ですが、何が見えるかワクワクします。人体融解なんて本当に起きると思えないですけどね」

研究者の性《さが》だな、と思う。

ただの毛髪も、付着物すらも、電子顕微鏡という目を通せばそこに、得体の知れない宇宙が広がっている。それが未知であればあるほど研究者は高揚する。微生物研究者の世界はミクロの方向へ無限大に広がっていて、漕《こ》ぎ出す先は大海だ。

二人でスケジュールを調整し、滅菌装置を完備した特殊研究室を勤務後の時間に押さえた。準備が整うと坂口は、今さらのように二階堂に訊《たず》ねた。

「ところで、何か話があったのかね?」

執務スペースのデスクには学生たちのリポートが積まれている。今日はそれを片付けて、講義が二つ、提案書のデータを確認し、午後には企業の訪問がある……考えながら二階堂を見ると、彼は申し訳なさそうに苦笑していた。

「いや、だからご友人の話を聞きたくて……ていうか……そういえば」

「なにかね?」

問いかけると彼はスマホを取り出した。

「いえ……そういうことなら気になる投稿があったなと……ご友人は夜中に屋上へ行

って、それから行方がわからないんですもんね」

言いながら画面をスワイプして何かを探す。隣に寄って覗いていると、彼はSNSにアクセスし、坂口が見やすいよう拡大してからモニターを向けた。

【蟬人間】というハッシュタグがついた画像だ。

屋上の転落防止柵《ぼうしさく》の外側に人らしきものが、巨大な蟬のように張り付いている。網入りガラス越しに撮影されているため鮮明ではないが、スーツ姿の男性に見える。しゃがんだ姿勢で背を向けているそれは、飛び降りようと柵を跨《また》いで外に出たまではよかったが、恐怖に足がすくんで動けなくなっているかのようだ。

「これって、どこの画像だと思いますか？」

わかるわけもないので首を傾げて、

「自殺志願者かね？」

坂口は眉をひそめた。

そうだとしたら痛ましい。命を賭《と》した瞬間をこんなふうに撮影されて、大衆の目にさらされるとは。それよりも、この人物は助かったのか。

「自殺志願者に見えますが、違うんです」

二階堂はスマホを自分に引き寄せて、投稿文の内容をかいつまんで言った。

「建物の場所は不明です。撮影者はたまたま隣のホテルに泊まっていて、窓越しにこれを見たようです。自殺者と思って慌てたものの、実際は人じゃなかった」

「違ったのかね？　でもそれはどう見ても……」

人じゃないのか。と、坂口は思った。

「全く動かずに、前夜から同じ恰好《かっこう》で屋上にいたと言うんです。まさかですけど、ご友人も夜中に屋上に行って、そのままジッと……蟬人間とかいう馬鹿げたゲームが密《ひそ》かに流行《はや》っているなんてことは……まあでも、学者がそんなゲームにはまってるヒマはないか。ないですね」

「結局それは何だったのかね、ゲーム？」

「それなんですが」

と、二階堂が言ったとき、坂口の携帯電話が鳴り出した。着信画面に浮かんでいるのは『海谷《かいや》さん』という文字だ。

「あれ……なんだろう……久しぶりだな」

すまないね、と二階堂に目配せをして電話に出ると、

——坂口先生？　SSBCの海谷です——

女性捜査官の声がした。

「海谷さんだよ」

二階堂も彼女を知っているのでそう伝え、

「どうもご無沙汰《ぶさた》しています。お元気でしたか？」

と、応答した。

海谷優輝《ゆうき》は見た目年齢三十歳前後で、遠慮なしにズバズバとものを言う性格ながら女優のような風貌《ふうぼう》の持ち主だ。警視庁刑事部捜査支援分析センター・捜査支援分析総合対策室に籍を置く警察官で、ネット上のあらゆるデータを追いかける電子鑑識の仕事をしている。彼女とは大学からウイルスが盗まれた事件で知り合ったのだが、坂口はともかく二階堂のほうは少なからず異性として意識しているようだった。その証拠に興味深げに会話に耳をそばだてている。

――ちょっとご相談がありまして……どこかでお時間を頂けませんか？――

坂口は怪訝《けげん》な顔をして訊《き》いた。

「何の相談？」

――それは直接お目にかかって――

二階堂の顔を見ながら言う。

「急ぎかね？」

――はい――

海谷の『はい』は忖度《そんたく》なしの『はい』である。敢《あ》えて言葉を足すのなら、『急ぎに決まってるでしょ、だから電話しているんじゃないの』だ。

その人となりを思い出して坂口は苦笑する。

「あいにく今日は時間がとれそうにないよ。明日なら……」

——大学が終わってからではどうですか？——

すかさずたたみかけてくる。

「本当の本当に急ぎなんだね」

——先生ご自身にも関係のある話です——

坂口は眉《まゆ》をひそめた。捜査支援室の捜査官にそう言われては、心中穏やかでない。

「わかった。じゃ、午後六時少し前に大学へ来てください。今夜は調べ物があって残っているので、時間正確に正門ではなく裏門へ来て、守衛室から呼び出してください。六時を過ぎると守衛が門を閉めてしまうので、必ず六時前にお願いしますよ」

——承知しました——

海谷は言って通話を切った。

「何の話です？」

と、二階堂が訊く。

坂口は首をすくめた。

「相変わらずの海谷さんでね、言いたいことだけで何も教えてくれないんだなあ」

二階堂は「くっく」と笑った。

「夕方ここへ来てもらうことにした。その時間じゃ守衛さんも学内に入れまいから、ぼくが出て行って外で話すことになると思う。髪を調べるのはそれからだな。二階堂くんにはすまないが」

「ぼくも会いたいです」

それに対してはいいとも悪いとも言わずにおいた。約束の時間と場所さえ教えておけば、二階堂がうっかり通りかかってもいいわけだ。それにしても、本当に『蟬人間』なんていう命がけのゲームが流行っているなら世も末だ。

こっちは命を救うために日夜研究や研鑽《けんさん》に励んでいるというのに。


慌ただしく仕事をこなしていた午後五時四十五分。坂口の研究室で内線電話がうなりを上げた。毎度不思議に思うのだが、ケルベロスからの内線は呼び出し音が威圧的に鳴るような気がする。

「おっと、そうだった」

坂口は壁に掛かった時計を見上げ、本日の予定に海谷が割り込んできたことを思い出した。受話器を上げると「守衛室です」とギョロ目の声が、

――坂口先生とお約束があると言って警視庁の方がお見えです――

と、重々しく言った。

――あと十五分で閉めますからね、急いでください――

言い訳する間も与えずに電話は切れた。

ケルベロスは来客に研究棟の位置を教えて単独で構内へ入れる、なんてことはしないから、『十五分で閉めます』は、十五分以内に裏門へ来いということだ。

坂口は大慌てで部屋を飛び出した。裏門で海谷を待っているつもりが忘れていた。精一杯に急いでもケヤキ並木は長すぎて裏門まではあまりに遠い。若ければダッシュで七分を切れたかもしれないが、この歳でそんなことをすれば心臓が終わる。

小雨に濡《ぬ》れながら道を急ぐと、遥《はる》か遠くのロータリーにヒゲが立ってこちらを窺《うかが》っているのが見えた。アタフタと急ぐ醜態に、きっとニヤついていることだろう。ケルベロスは軍事オタクで年中体を鍛えているから、自分などは青《あお》っ白《ちろ》い軟弱者に見えるのだ。これでも若い頃は気力体力に自信があったのに。

息が切れて声も出ず、無言でヒゲの脇を通り過ぎる。その先に守衛室があって、透明のビニール傘を差した海谷が室内のギョロ目と睨《にら》み合うようにして立っていた。眉毛のほうはすでに鉄扉の脇で、定刻に門を閉めようと身構えている。

坂口に気がつくと、眉毛が海谷に向かって言った。

「坂口先生が来ましたよ」

傘と一緒に海谷が振り向く。ストレートの長い髪が湿気を吸って、ダークスーツの肩にこぼれている。

「……いや……お待たせして……」

ゼイゼイしながらようやく言うと、

「先生も少しは運動された方がいいですな――」

ギョロ目は記録帳に書き込みながら鼻で笑った。

「――あと三分で門を閉めます」

「わかった……わかった……」

息継ぎしながら腕を伸ばして門外を指す。

「海谷さん……外へ……出よう」

そのとき背後で声がした。

「あれ？　お久しぶりです。こんなところで」

偶然通りかかったような顔をして、二階堂が割り込んできたのだ。

「あと二分です」

と、眉毛も言った。

無言の海谷を促して、坂口は二階堂と一緒に門を出た。すかさず眉毛が仰々しい音を立てて門扉を閉めて施錠する。以降の出入りは専用扉を使う決まりだ。

「ロボットみたいな守衛さんたちね。嫌いじゃないけど」

海谷は口を開くと、『こんにちは』より先にそう言った。門の近くには愛車の赤いフェアレディZが停めてある。一九八〇年製のHS130Z、国産のTバールーフ車で、父親の形見と聞いている。

小ぶりながら雨は止む気配がなくて、傘も差さずに走ってきた坂口は二階堂の傘に入れてもらった。大学周辺には気の利いたカフェなどないし、車内で話をしようにも海谷の車はツーシーターで三人乗れない。立ったままで坂口は言う。

「中に案内できなくて悪いね。近くに喫茶店もカラオケもないんだが」

「お茶に来たわけじゃないのでかまいません」

言って海谷は背の高い二階堂の顔を見上げた。

「助教の二階堂さんでしたよね。ご無沙汰しています」

「ああ、いえ、こちらこそ」

「今日は坂口先生の傘番に？」

皮肉を言って微笑むので、坂口は、

「急ぎの用というのは何かね？――」

と海谷に訊《き》いて話題を逸《そ》らした。

「――ほんとうに時間がなくてね、二階堂くんに仕事を手伝ってもらうことになっているんだよ」

海谷はようやく頭を下げた。

「ご無理を言ってすみません。さほどお手間は取らせませんので」

傘を持たない方の手で上着の内ポケットをまさぐると、濡らさないよう注意して写真を一枚取り出した。それを坂口のほうへ向け、

「この方をご存じですか」

と、訊いてきた。研究者リストに載っている古屋の肖像写真である。心臓に圧を感じて手指の先が冷たくなった。なぜそれを訊く？　なぜ警察が？

「古屋先生だね。もちろん知っているとも」

海谷は頷《うなず》き、写真を仕舞った。

「最近お会いになったことは？」

だからなぜそんなことを訊きに来たのか。

悪い予感があるだけに、胸のザワつきは一層強くなっていく。

「いや、ないよ。最後に会ったのは昨年の学会で」

「お会いになる予定は？」

「それならあった。約束したんだが、会えてはいない」

なぜと坂口が訊く前に、海谷は言葉をかぶせてくる。

「お約束はどこで？」

「日本橋のホテルだが……海谷さん、なにか、ぼくは疑われているのかね？」

不安になってついに訊《たず》ねた。

海谷はじっとこちらを見ていたが、やがて大きな目をしばたたいた。美人だが眉間《みけん》にくっきりと縦皺《たてじわ》が刻まれているので、対面で話すとイチャモンをつけられているような気になってくる。

「なぜ疑われていると思うんですか？　今しているのは事実関係の確認です。約束したけど会えなかったんですね。それで教授の奥様にお電話を？」

「そこまで知っているのになぜ訊くのかね」

「だから事実関係の確認ですってば」

海谷が無表情に答えると、

「古屋先生が見つかったんですか？」

二階堂が脇から訊いた。海谷はジロリと彼を睨んだ。

「見つかった？　なにその質問……どうしてそう思ったの？」

二階堂は悪びれない。

「だって中身なしの着衣が見つかったわけじゃないですか。古屋先生が宿泊していたホテルの路地で」

海谷はこれ見よがしに腕組みをして、「はあ〜」と、大きなため息を吐いた。

「地獄耳なの？　それとも学者の好奇心？　あ、奥さんから聞いたのね」

視線を逸らして前髪を掻《か》き上げ、ついでに額をポリポリと掻く。坂口も言う。

「古屋くんは見つかったのかね？　海谷さん、どうなんだ」

彼の奥さんと約束したのに、わかったことなど何もなく、あのまま電話もしていない。持ち帰った毛髪すら調べるのはこれからで、彼女がどれほど心配しているかと案じている。そこへ海谷がやって来て、坂口はもはや絶望的な気分になった。奥さんには、ご主人は無事でしたよと知らせたい。跡形もなく消えたなんて言えるわけがない。

雨は降ったり止んだりしている。入れてもらった二階堂の傘から片方の肩に雨水が垂れてくる。海谷は依然無表情だが、門扉にくっつくように建つ守衛室をチラリと見てから、愛車のほうへ後退した。ケルベロスを警戒してのことだろう。玉のように雨を弾《はじ》くフェアレディZの脇に立ち、ようやく表情を和らげた。

「実は……個人的に気になっていることがあって、坂口先生に連絡しようと思っていたところだったんです」

そう言ってスマホを取り出し、操作しながら先を続けた。

「私の仕事はご存じですよね？　常にネットを監視して、気になる案件をチェックしています。それで、約一週間前になりますが『蟬人間』というハッシュタグを付けた投稿が」

「あっ」

と、二階堂が声を上げ、

「あれですよ、ほら、ぼくが今朝、坂口先生に教えてあげた……」

海谷がギロリと目を上げたので、二階堂はやや怯《ひる》みつつ、

「けっこうバズってるんですよ。ね？」

ご機嫌伺いのような笑顔を作った。

「ビルの手すりの、人のようなやつのことかね？」

「ご覧になったんですね」

と海谷は言って、別の写真を坂口に見せた。

二階堂と共に覗《のぞ》き込み、坂口は眉《まゆ》をひそめる。それはビルの屋上ではなく、電波塔の上部に人がいる写真であった。ラフなTシャツとズボン姿で管理用ハシゴにくっついている。『オレも見た　蟬人間』とコメントがある。

「あ、そう、それも見て知ってます。ジッとして動かないのが共通項で、ぼく的には新しいゲームか何かだろうと……」

二階堂の話を遮るように海谷は言った。

「その可能性もありますが、私は別のことを考えてここへ来ました。ハッシュタグ蟬人間で検索すると、ドラマやコスプレ、ホラーなども上がってきますが、私が問題に

するのは今のところこの二件です……それで、ここからが肝心ですが……坂口先生がすでにご覧になったビルの屋上の投稿がその後、正確には先週土曜の夕方に、古屋氏の着衣や毛髪が降った事案と繫《つな》がるんです」

「え」

坂口は海谷を見た。思わず眉をひそめて訊ねる。

「それは神田のホテルのことかね？　駅の近くの」

「そうです」

と、海谷は答えた。

「遺留物に付着していた液体からヒトのＤＮＡが検出されました。詳しい照合結果はまだですが、毛髪については古屋氏のＤＮＡとほぼ一致したそうです」

「……つまり、きみは――」

と、坂口は言う。言葉を切ったその隙に頭の中がグルグル回る。

「――海谷さんは、蟬人間が古屋くんだったと言いたいのかね？」

「個人的主観では」

と、海谷は答えた。

「古屋氏のスマホが持ち込まれ、ＳＳＢＣでチェックしました。そうしたら、坂口先生の名前が出てきて驚きましたよ……古屋氏とは面会の予定があったんですよね。どんな話になっていましたか？」

「どんなって……こっちに来るから会おうという」

「それだけ？」

「面白い話があるからと」

「どんな話ですか？」

「わからないんだ。会ってからのお楽しみという感じだったので」

坂口は首を伸ばして海谷の顔を覗き込む。

「ぼくが事件に関係あると思ったのかね」

「まだ事件と決まったわけでは……」

海谷は誠実な顔で答えた。

「現段階では、ホテルの屋上から降ってきた着衣にヒトのDNAが付着していたことと、毛髪が古屋氏のものであることしかわかっていません。ただ……」

「ただ？」

二階堂が訊く。

「ホテルの防犯カメラの映像を解析した結果、ゲル状の何かはバケツ三杯分程度あったようにも見えるんです。当日は激しい雨で、捜査員が駆けつけたときにはすでに大部分が流れてしまっていたようですが、骨片も歯も人のもので、毛髪もほぼ一人分。

眼球と思《おぼ》しき部位も見つかりました。だから、あれがヒトだった可能性は高いです。古屋氏が通っていた歯科医から治療記録を取り寄せて照合しようとしていますけど、少し時間がかかっていて」

坂口の脳裏に浮かぶのは、山男のように日に焼けて屈託なく笑う古屋だ。バケツ三杯分の何かでは決してない。誰よりも健康で、好奇心に輝く瞳《ひとみ》を持っていて、誰よりも生き生きとした男であった。

「……古屋くんだったと思うんだね」

「遺留品からそう思われます。この件で神田警察署に捜査本部が立ちました。ただ、古屋氏が旅行者で所轄署に生活情報がないこともあり、本部は捜査方針に迷っています。通信を調べても、完全なる研究オタクという感じで怪しげなやりとりはひとつもないし……まあ、研究者は創薬なんかにも関わるのでこれからですが、交友関係もクリーンに見えます。それらを一つ一つ潰《つぶ》していくので、たぶん坂口先生のところへも、そのうちに刑事が聞き込みに来ることでしょう」

「殺人事件と思っているのか」

「どうやったらそんな殺し方ができるんですか」

坂口に次いで二階堂が訊《き》くと、海谷は眉間《みけん》の縦皺《たてじわ》を深くした。

「だからそこが一番の謎なんですって……私個人は捜査本部の一員じゃないけど、たまたま蟬人間に注目していたこともあってピンときたんです。うちの部署では場所の特定というのをやりますが、蟬人間のいた屋上が神田駅に近いホテルというのは比較的すぐに判明しました。そしたら今度はドロドロの人体ですよ。それらが同じ場所で起きたと知ったとき、私が何を連想したかわかります？」

海谷は訊《たず》ね、坂口らが答えないのでまた訊いた。

「死体は自己融解しますよね？」

「だが、死んでいたら手すりにしがみついたりできないよ」

「そうですが、場所と時間に齟齬《そご》がない。蟬人間の投稿者を特定して話を聞いたら、写真を撮ったのは先週水曜日の早朝で、投稿はその日の午後でした。古屋氏は月曜にホテルにチェックインしていて、その夜に一人で屋上へ向かう姿が防犯カメラに映っています。だから直後に死亡したとして」

「直後に死亡？　なぜだね」

海谷は頷《うなず》きながら言う。

「それ以降、古屋氏の姿が確認されていないからです。金曜、土曜はそれぞれ学会の先生たちや大学時代の旧友と飲み会が予定されていたようですが、どちらにも出席していません。連絡したが不通であったと証言も得ています。一方で蟬人間の投稿では、手すりの外側に張り付いて動かないヒトらしきものが撮影されている。前の晩からそのままだったということだから、そのときすでに死体だったと考えるのが自然です」

「だから死体は手すりにしがみついたり……」

「縛ってあったかもしれないじゃない」

海谷は二階堂に唇を尖《とが》らせた。

「だとしても、数日でドロドロに溶けたりはしないんじゃないかね」

坂口が問うと、

「そこですよ」

と、前のめりになって海谷は言った。

「古屋氏は微生物学者です。坂口先生もですけど……微生物の力を借りれば可能なんじゃないですか？」

坂口と二階堂は顔を見合わせた。

「犯人がいて、微生物を用いて古屋くんを溶かしたと？」

「そうです。そういうことは可能でしょうか」

微生物はミクロの宇宙だ。未知のバクテリアやタンパク質を用いれば、確かに可能かもしれない。

「何のためにそんなことを」

「完全犯罪」

海谷はドヤ顔で言う。

「遺体を完全に消し去るの」

「いや、やっぱりそれはおかしいですよ」

と、二階堂は真顔で言った。

「犯罪を隠蔽《いんぺい》したくて溶かすなら、屋上ではなく、もっと人目につかないところでやればいい。山の中へ運ぶとか、ホテルの浴室を使うとか」

「だからそこは、『その状況でないと溶けない』みたいな条件があるんじゃないの」

「それでもせめて服は脱がせるのではないかね」

坂口に言われると海谷はようやく冷静になったようだった。

「そうよね……やっぱり矛盾だらけの推理だったか……先走りすぎね」

「海谷さん、それに、別の投稿はどうなんですか？　蟬人間のハッシュタグで電波塔にくっついていたヤツですが」

海谷は二階堂を見て言った。

「もちろんそちらも投稿者を特定して話を聞いたわ。電波塔の投稿は昨晩アップされたものだけど、撮影はホテルのものより早くて、先々週の日曜日なの。場所は千葉の香取《かとり》市で、電波塔の管理者に通報などはなかったようです。撮影者もずっと電波塔を見ていたわけじゃないので、そっちは普通に人が登っていただけかもしれない。何かがバズると似たような画像をＡＩに創らせて投稿する人もいるし……撮影者本人は本物だと言っていたけど」

　だが、少なくとも神田で見つかった毛髪と着衣は古屋のもので間違いないのだ。グレーチングに絡みついていた髪の様子が改めて坂口の瞼《まぶた》に浮かんだ。半分本気で半分はただの想像だったから採取もできた。けれど今、それが古屋のものだとわかってしまえば、痛ましさと恐怖ばかりが胸を震わす。

　跡形もなく溶けたなんて……あの古屋くんが。

「降ってきたのが古屋くんで、しかも落下の数日前からホテルの屋上にいたというのは……事実としてはどうなんだろう。しかも手すりの外側に、蟬のように張り付いて」

「撮影者は近くのビジネスホテルに宿泊していて、自分の部屋から写真を撮ったと話しています。位置と落下地点に矛盾もないので、古屋氏だったと仮定するなら、失踪《しっそう》から五日間は屋上にとどまっていて、それから落ちたことになります」

「五日動かず、五日で体がドロドロに」

　と、二階堂がつぶやいた。

「前に坂口先生は、事実は小説よりも奇なりと仰《おっしゃ》いましたね。研究で知る事実のほうがずっと面白いから、ぼくは小説を読まなくなったと」

「うん」

坂口は考えている。『微生物の力を借りれば可能なんじゃないですか？』と訊かれたことを、そうした事例はほかにあるかと。

「宿主を誘導して体を溶かす状況はバキュロウイルスが近いがね、あれはヒトには感染しないからね」

「バキュロウイルスが何か、知りません」

海谷が言った。

バキュロウイルスは昆虫病理研究者の注目を集めてきた昆虫ウイルスの一種で、宿主から獲得した遺伝子を用いて宿主の行動を制御する。

「百年以上前から知られている昆虫の病気に梢頭病《しょうとうびょう》というのがあるんだが、罹患《りかん》した個体は梢《こずえ》の先や木の天辺《てっぺん》など、天敵に狙われやすい場所へ自ら移動していくんだよ」

海谷は眉間の縦皺を深くして、

「高いところへ登るのね？」

と、訊いた。答えたのは二階堂だ。

「ウイルスは生体の中でしか増殖できないので、そうやって宿主が鳥に捕食されるように仕向けるんですよ。そしてフンなどに混じって外へ出て、感染の範囲を広げるんです」

「フンで汚染された植物や土を虫が摂取するとだね、ウイルスは虫の中腸内腔《ないくう》に取り込まれ、溶解して組織に二次感染するわけだ。そして宿主を操るのだが、このときに、宿主から獲得した遺伝子情報を利用していると考えられているわけなんだ。感染した個体は高い場所へ移動していくが、捕食されない場合も高い位置で死んで体が溶けて、多角体が周囲を汚染して新たな宿主へと感染するんだ」

「たかくたい？」

「多角体はタンパク質の結晶だよ。数百ものウイルス粒子を封入したカプセルのようなものと言えばいいのか」

「正確にはタンパク質の結晶構造体ですけどね」

「宿主を離れると病原力は不安定になる。だが多角体なら自然環境下で数十年も感染力を維持できるんだ。しかもウイルスにとっては有害な紫外線からも守られる。宿主に取り込まれると消化器内で溶解し、ウイルス粒子を遊離させて感染するんだよ」

「梢頭病に罹《かか》った個体は体が溶けて脆《もろ》くなり、風や雨などわずかな刺激で容易に崩れてしまうんです。バキュロウイルスは宿主を溶かすタンパク質を持っていて、感染末期の個体では体液の半分以上が多角体に置き換えられてしまうほどです」

「全身ウイルス爆弾になっちゃうってこと？　うー……気持ち悪い」

海谷は心底イヤそうな顔をして、傘を持つ自分の二の腕をさすった。

「まあ、それが悪いことばかりでもないのでね。人はそれすら利用する。あまり知られていないことだが、バキュロウイルスを利用した獣医薬や医薬品の開発が進んでいて、我々も恩恵に与《あずか》っているわけだ」

「イモイモした虫を飲むのでなきゃOKよ。薬のかたちになっているなら」

そう言ってから、海谷は坂口に向き合った。

「そのウイルスが変異を遂げてヒトに感染した可能性はないかしら……虫はどのくらいで溶けてしまうの？　数日後？」

二階堂から蟬人間の画像を見せられたとき、坂口がすぐ連想したのも梢頭病だった。高所で動かない姿が末期の虫を思わせたのだ。

「バキュロウイルスは宿主を活発な行動に誘《いざな》うが、その頃すでに宿主は体液の多くが多角体に置き換わっているんだよ。活発に動いて高所に着くと、ぶら下がったままで死ぬ。溶解速度も速くて二日程度で液体になるようだ」

「虫と人間を一緒にしちゃいけないかもしれないけど、少なくともウイルスは宿主を素早く溶かすのね。たとえばだけど、その多角体を人体に注射したらどうなるの？　溶ける？」

単刀直入に海谷が訊《き》いた。

「虫のウイルスなので、ヒトには感染しませんよ」

と、二階堂が言う。

「でも宿主を溶かすタンパク質を持っているわけでしょ」

それは、実際、どうなんだろう？　可能かもしれないと坂口は思ったが、言葉には出さずにおいた。溶解するタンパク質を生きた人間に注射する。そんなおぞましいことは考えもしなかったし、想像したこともない。海谷に想像させたくもなかった。

「虫のウイルスが遺伝子を組み換えられていたらどう？」

「遺伝子の組み換えは、そんな簡単にできませんって」

二階堂が言うのは尤《もっと》もだが、少なくとも坂口はまだ考えている。

古屋はフィールドワークが好きで研究熱心でもあった。永久凍土を調べていたのはそこに太古の微生物が封印されているからだ。彼が言う面白い話とはなんだったのか。まさか未知のバクテリアなどを発見したのか。そして罹患したのではないか。

だとすれば海谷が言うように『全身ウイルス爆弾』になっていた可能性も否めない。毛髪に付着していたのは粘着性の物質だ。飛び散ったとき周囲に付着しやすいようそうなっていたとも考えられる。もしも当日激しい雨が降っていなかったら、飛び散った粘着物質は強い感染力を維持したままでどこかに存在し続けたのか。ホテルの警備員、トラックの運転手、現場に呼ばれた警察官、悲鳴を上げた通行人、感染したかもしれない人々が坂口の脳裏を次々によぎる。

「警察はサンプルを持っているんじゃないのかね？」

質問すると海谷は深く頷《うなず》いた。

「ありますが、組織が壊れていて通常よりも時間がかかっているようです」

「いや、人体組織のことを言ってるんじゃなく、サンプルを持ち帰ったのならウイルスがいるかどうかはすぐわかるはずだよ」

「そのあたりの情報は全く入ってこないんです。SSBCは後方支援の部署なので……私的にできたのは、古屋氏のチェックイン時の映像をチェックして、見つかった着衣と齟齬《そご》がないことの確認だけです。屋上へ向かったときも同じ服装でした」

「そのとき古屋くんに妙な様子は？」

海谷は首を左右に振った。

「なかったです。部屋を出たのが真夜中なのに、まだスーツを着ていたという点は妙ですが、室内にはカメラがないのでそれまでの様子はわかりません。荷物や携帯電話は部屋に残され、クロゼットや洗面台を使用した形跡も見当たらず、カーテンを開けたあともなし。ベッドに少量の血痕《けっこん》が残っていましたが事件性はなく、ただの鼻血のようでした。丸めたティッシュがゴミ箱に捨ててあったので。

ちなみに蟬人間の体はグレーに見えますが、古屋氏のスーツもグレーです。荷捌《にさば》き場から持ち帰ったのもグレーのスーツ。骨片らしきものも含めサンプルは科捜研に持ち込まれましたが、さっき言ったように報告はまだ上がっていません。病原体については科捜研がより専門的な機関に協力を仰いでいるのではと思います。ウイルスに気付いた場合でも、確かな情報を得るまでは伏せておくつもりなのかもしれません」

そういうところがもどかしいのよ、と、ブツブツ言った。

「人間が溶けたら警察も驚くだろうね」

「そうですが、蓋《ふた》を開けたら実際は手の込んだイタズラということもあるわけで、そう考えている捜査員の方が多いように思います。腐敗臭や刺激臭などあれば別ですが、そんな話もなかったし」

「どういうことです？　ドロドロの、たとえばスライムみたいなものを作って屋上から服と一緒に落としたってことですか？　イタズラで？　そんなヒマ人……」

「たしかに警備員も臭いについては言ってなかったなあ」

二階堂と坂口が次々に言うと、

「警備員？　まさか、坂口先生は現場へ行かれたんですか？」

顔を上げて海谷は訊いた。

「会う約束をしていたんだからね、心配で様子を見に行ったんだよ」

「あきれた。奥さんから話を聞いただけじゃなく、現場まで行ったなんて……どこまで好奇心旺盛《おうせい》なのよ――」

そう言いながらも薄く笑った。

「――白状すると、着衣が見つかった件と蟬人間を結びつけているのは私だけなんです。蟬人間を古屋氏とすれば、数日間も屋上にいたことになる。それを上司に訴えて、素直に聞くと思います？」

わかるでしょと言わんばかりに、海谷は肩を怒らせた。

「色んな事件を扱っているのに、上層部《こうとうむ》はコチコチに頭が固いのよ。まあ……人が数日動かずにいて体が溶けたなんて、荒唐無稽《けい》な発想かもしれないけれど」

「荒唐無稽は、そうですね」

と二階堂が言い、海谷はわずかに鼻を鳴らした。

「体を溶かした犯人は新種のウイルス……いい発想だと思ったのにな」

坂口は言う。

「古屋くんの専門はウイルスじゃなく、ゾウリムシとかの原生生物だよ」

「それも微生物でしょ？　違うんですか」

「そうだが微生物というのは大きなくくりで」

「ゾウリムシの先生はウイルスを扱わないんですか」

「全く扱わないわけでもないが」

「もう、なんなのよ」

と、海谷は言った。

「何かが起きているのかどうか、私はそれを知りたいんです……パンデミック騒動は二度とごめんと思っているので」

そして二階堂と坂口を交互に見ながら訊いた。どちらか口の軽い方から情報を引き出そうとでもするように。

「教えてください。古屋教授はどんな用事で都内に来ていて、一週間以上も滞在する予定だったんでしょうか」

いつの間にか雨が上がって、海谷は自分の傘を畳んだ。坂口はまだ二階堂の傘にいて、海谷の言葉について考えていた。

「地方の学者が東京へ来て各大学を回るなんてことは珍しくないよ。こっちには研究機関が複数あるし、それぞれ分野も違うんだから」

「古屋教授のスマホデータを見られたのなら、教授の予定表に名前がある人に問い合わせてみればいいのでは？」

二階堂が言うと、

「だからもうやってます。坂口先生もその一人よ」

と、海谷は答えた。

「古屋くんはこのところ永久凍土を調べるのに夢中だったよ。最近も穂高連峰の大キレットへ行ったそうだから、そこで何か見つけた可能性はあるかもなあ」

「何かとは？」

「わからんが、温暖化の影響で各地の永久凍土が溶け始めているね？　日本では穂高連峰の大キレットカール内のほかに、富士山《ふじさん》や大雪山《だいせつざん》の山頂付近、北アルプスの立山《たてやま》や槍ヶ岳《やりがたけ》にも永久凍土があると言われている。太古の土が凍結保存されているわけだから、新種が見つかる可能性も大いにある。面白い話はそれだったのかもな」

「なら、やっぱり新種のウイルスじゃないの？　殺人は荒唐無稽だったとしても、事故で感染したとかは」

「いや……まあ、その可能性もあるけど、彼は……」

プロ中のプロだからと言おうとして、坂口は首を捻《ひね》った。

完璧《かんぺき》なんてことがないのは自分が一番よく知っている。どれほど気をつけていようとも、事故や失敗は起きるのだ。

「古屋くんの奇怪な行動がウイルスに起因していて、それが穂高連峰の大キレットから出たとするなら……そうだな……登山者にも同じ症状が出ているかもな」

「すぐ調べます」

と、海谷は言った。手帳を出してメモをしている。

「しかし古屋くんは世界中を飛び回っていたから、それ以外の場所で感染したとも考えられるよ。そうなら研究室の学生とか、奥さんとかね、近しいところに同様の症状を持つ人がいるか、出てくるはずだ」

「それもすぐ調べるわ」

「あとね、ぼくが最も奇態に思うのは、もしもそれがウイルスのせいだったとして、鳥に捕食されない人間を高所に移動させても、ウイルスにとっては何の得にもならないということだ。ウイルスは感情がない分、損得のプログラムはしっかりしていて、すべては増殖できるかどうかに関わっている……感染が目的ならば人混みで溶かした方が効率的だよ」

勇んでメモを取っていた海谷は、ふと顔を上げて苦笑した。

「杞憂《きゆう》だったらそれでいいです。私は怖いの。ウイルス恐怖症に罹《かか》ったみたい――」

手帳を閉じて長い髪を振りさばき、自分を憐《あわ》れむ顔をした。

「――パンデミック寸前を経験したら、なんでもウイルスに結びつけちゃう。服だけ残して人が溶けたと聞けば、そんなことができるのはウイルスかもと考えてしまう。微生物って目に見えないから余計に怖いわ。味噌《みそ》もヨーグルトもお酒も薬も、人は微生物と深く関わり合って生きているのに」

「まあ、気持ちはわかります」

と、二階堂が言う。

大学からウイルスが消えたとき、坂口は二階堂と海谷とそれを追いかけた。だから彼女はここへ来た。自分を頼りにしてくれたことには感謝しているが、古屋の異変についてはまさにこれから調べる予定で、いま話せることは何もない。

「ぼくのほうでも何かわかったら連絡するから、もしも同様の事例が出たら、すぐに連絡をくれないか」

坂口が言うと、海谷は大きな目で彼を睨《にら》んだ。

「現段階で坂口先生にわかることとなんてありますか？　古屋氏の『面白い話』に具体的な心当たりもないのに」

仕方なく坂口は白状した。

「実は現場からね、グレーチングに絡んでいた毛髪を採取してきたんだよ。古屋くんのものとは限らないが、でもまあ、あんな場所にごっそり髪を落としていく人もいないと思うし、排水溝に流れ込んだ微物が付着している可能性はある。これからそれを調べるんだが、きみを学内に入れることはできないからね、電話をするよ」

「油断も隙もないわね。学者って、まったく」

海谷は唇を尖《とが》らせたものの、すぐにニッコリ微笑んで、

「そういうところ嫌いじゃないです」

と真顔で言った。

「では、報告をお待ちしています」

「あ、ちょっと。ギブアンドテイクで海谷さんにもお願いがあります」

唐突に二階堂が言った。

「あれが本当に人体溶解事件で、しかも微生物の仕業なら、同様のケースは国内じゃなくて海外にあるかもしれません。それも調べてみてください。予想もできない災禍が突然降って湧くことは、実は全然あり得るんです。エイズもエボラもその出現は唐突で、コロナを経験したからわかりますよね。永久凍土もですが、海水温の上昇で海底のウイルスやバクテリアなんかが上がってきたり、氷に封印されていた太古の微生物が溶け出してもいるわけで、それが免疫を持たない現代人を襲うのは容易に考えられることですから」

「怖いこと言わないで」

言い出しっぺのくせに海谷は眉《まゆ》をひそめている。眉間《みけん》に縦皺《たてじわ》を寄せたまま、耳の後ろを搔《か》きながら、難しい顔で首を傾げた。

「情報がネットにあれば調べられるけど、普通の刑事みたいに聞き込みに走り回ったりはできないわ。だからネットのものだけよ」

「充分ですよ……ただ」

と、二階堂はいくらか心配そうな声で言う。

「原因がウイルスなら、警察ではなく厚生労働省の管轄になるのでは？」

海谷はなぜか勝ち誇った顔をして、

「警察官ってね、専門部署に就く前に、みんな交番勤務を経験するのよ」

と、言った。

「そうすると色々な現場の手伝いに行かされて、仏さんを扱うの……そして思う」

海谷はキュッと唇を噛《か》み、視線を動かして裏門を見た。

「こんな状態になる前に、この人を助けられなかったんだろうかって。そういう気持ちを抱えて各部署に配属されていくわけよ。犯人逮捕ばかりがクローズアップされがちだけど、本当はそうなる前に防ぎたい。それが一番やりたいことよ」

そして坂口に視線を向けてニッコリ笑った。

「二人と一緒に仕事したとき初めてそれを実現できた。警官になってよかった、できるんだって思ったの……管轄が厚労省とか警察とか、被害者には関係のないことだから、私は疑問や予測を捨てないし、空振りだってかまわない、そうなる前に防ぎたい。国民の安全と安心を守るのが警察官の職務だから、誰にも文句は言わせないわよ」

海谷は傘を振って水を切り、颯爽《さっそう》とフェアレディZに乗り込むと、派手なエンジン音を轟《とどろ》かせながら去って行った。

Chapter 3 ミクロの捕食者

海谷と別れると坂口らはさっそく学内へ戻って特殊研究室の廊下に立った。着替えをしようと上着を脱ぐと、携帯電話に着信があった。自宅からである。

「もしもし？」

赤ん坊の泣く声がして、

——先生、チャラだけど、今日も遅いカ？——

チャラが明るくそう訊《き》いた。昨晩に続いて今日も遅くなることは、彼らに伝えていなかったのだ。友人に起きた不幸についてもまだ話をしていない。勉強しながら子育てもして、早朝訓練にも参加するチャラは、遅く寝て早く家を出るからだ。

「ああ、そうだった。すまないね、今夜も遅くなりそうなんだ」

——残業か？ トショリなので無理するな。晩メシどうする？——

「適当に何か食べるよ。心配させてすまなかったね」

――遠慮いらない、センセは家族。おかずとゴハン残しておくから食ベロ――

あまり遅くなるなヨ、とチャラは言い、電話が切れた。

「下宿の研修生ですか？」

と、ロッカーに上着を入れながら二階堂が訊く。

「そうなんだ。残業すると伝えてなくてね」

「心配されているんですね。食生活も改善したようで、よかったですよ」

サンダルを履き替えながら笑っている。寡夫《やもめ》になったばかりの頃は、食生活含め何もかもが酷《ひど》かった。二階堂とは料理が不得手な者同士、洗剤で洗った米を炊き、異臭に首を傾げ合ったこともある。今ではそれも笑い話だ。

坂口らは身につけたものを脱いでロッカーに入れ、手指を消毒してから手袋をしてバイオクリーンワンピースを着込んだ。滅菌靴を履いてマスクをし、ヘッドカバーとゴーグルを着けて全身が白一色になる。肘《ひじ》を使ってドアを開け、エア洗浄の滅菌セキュリティをかけた部屋に入ったあとは、足先の動きでまたドアを開けて、研究室へと入っていく。

内部は棚やカウンターで仕切られており、入口近くに設置された棚に実験動物のケージが並ぶ。納品されたばかりで病原体がクリアな個体だ。もしも古屋の髪から正体不明の何かが見つかれば、ウサギかマウスかそれともサルに感染させねばならないだろう。マウスは安価だがウサギは高く、サルに至っては入手困難になってきている。

陰圧室で毛髪の入ったビニール袋を開封した。汚れの付着した部分を切り取ってスピッツ内の液体に浸し、遠心分離機で回転を加えて付着物を沈殿させると、そこから先は二階堂が上清を捨て、毛細管ピペットで沈渣《ちんさ》を吸い上げる。二階堂は塗抹固定の名人なのだ。

電子顕微鏡の試料ステージにセットして、二人はモニターの前へと移動した。

海谷はウイルスが古屋を溶かしたのではないかと言った。数日間でドロドロに。

こんな事例は初めてで、恐怖を感じながらも坂口は、学者魂が騒ぐのを止められない。友人の組織に発生した宇宙がCRTモニターに映し出されると、それはチリチリとした弾丸状の何かで覆われていた。

「なんだろう」

と、二階堂が唸《うな》る。坂口も首をひねった。

「しかもこの量だ……」

「シストセンチュウみたいな質感だけど、しなびていますね」

「別角度からも見てみよう」

それはたとえて言うならシャーレに撒《ま》いたゴマ粒のようにおびただしくあり、表面に寄った無数の皺が、ランダムに縮んだレーズンのようだった。

「シストならもっとパッパッしています。しかもこんな、砂みたいには存在しないと思うんですが」

二階堂は言葉を切って考えていたが、やがて、

「潰《つぶ》してみますか？」

と、訊いた。

シストとは生体物が作る包嚢《ほうのう》、もしくは皮膜を作って包嚢状になることをいう。シストセンチュウは農作物の根に寄生して粟粒《あわつぶ》大の瘤《こぶ》になるセンチュウの一種で、卵を抱えた雌が体表に硬い膜を作って死ぬことでシストを形成する。シストは低温や乾燥を耐え抜けるため、その中で卵は数年間も生き続け、作物の根から分泌される孵化《ふか》促進物質を感じ取ることでシスト内で孵化し、二期幼虫が土中に遊出し根に寄生する。

そうしたシストの場合は、潰すと卵や幼虫が湧き出してくるのだ。

二階堂がスライドガラスに力を加えて細胞を潰し、再びモニターで確認すると、弾丸状の何かは粉末になり、内容物も湧き出てこない。

「死んでるのかな」

と、二階堂がつぶやく。生命活動を感じないのだ。

毛髪の別の部位を試液に溶かして、再び確認を試みた。やはり無数のシストらしきものがあり、破砕しても結果は同じだ。

「なんなんだ？……これ」

坂口もそれを考えていた。

そもそもシストは生体が生き残るための戦略で、内部が死んでは意味がない。もっとドラマチックで異様な世界が見えると期待していた坂口は、肩を落として頭を抱えた。毛髪にはヒトの皮膚細胞も付着していたが、それはごくわずかであり、かろうじて皮膚細胞とわかる組織以外はシスト様のものに置き換わっていた。

「皮膚細胞も壊れているし……これ、絶対におかしいですよ――」

と、二階堂が言う。

「――これじゃまるで……」

「そうだね……まるで最初からヒトではなかったみたいだ」

自分の言葉にゾッとした。

バキュロウイルスに感染した幼虫は体液の約半分が多角体に置き換わってしまうと海谷に話したが、人間の体にそんなことが起きるはずはない。でもこれは……。

「……なんなんだろう――」

坂口の気持ちを二階堂がつぶやいた。

「――本当にシストかな、シストなら、なぜ死んだ。いや、本当に死んでいるのか？これは」

「二階堂くん、もしかしたら死んでいるように見えるだけかもしれないね。センチュウシストのように活動を再開させる促進物質が必要なのかも」

「アメーバなら乾燥でシストを形成しますよ。でも水分は与えていますから……そうかな、ほかのものが必要なのかな……皮膚細胞とか？」

「粘膜細胞のほうが適正かもしれない。アメーバシストは粘膜細胞に付着して人体に侵入するわけだから」

「与えてみますか」

と、二階堂は言って、自分の粘膜細胞を採取するため除菌室へと入って行った。

二階堂と席を替わって、坂口はモニターを覗《のぞ》き込む。

潰されたシスト様のものは粉々だ。ガラスのような脆《もろ》さである。シストの膜はもっと強い。やはりこれはシストじゃないのか。では、なんだ？

顕微鏡写真を何枚も並べて手がかりになりそうなものを探したが、わからない。ならば成分分析器にかけてみようと準備していると、二階堂が戻ってきた。鼻腔《びくう》内と口腔内で採取した粘膜細胞のスティックを持っている。

今度は毛細管ピペットに吸い込んだものを液体ごとガラスに載せて、別のガラスですりあわせずに粘膜細胞を落とし込んでみた。

試料ステージにセットしてすぐ、モニターは変化を捉《とら》えた。

同じころ。海谷優輝は千葉の香取市へと愛車を飛ばしていた。

このフェアレディZはカーナビが登場するより前の車でカーナビを付ける場所がないので、仕事で使う改造ナビは外付けだ。個人的にカーナビを用いる場合はスマホを使うが、スマホを置く場所もない。ダッシュボードは微妙に流線形で設置器具が上手に付かず、デフロスター前にマグネットを付けて横向きにセットするのがやっとだ。画面の確認に適した位置とは言えず、音声案内だけで我慢している。

手動でオープンできる天井は最近雨漏りするようになってきて、またも修理が必要だ。古くなっていくにつれ金と時間がかかる厄介者だが、それでもこの優雅で無骨な車には作り手と乗り手のロマンが溢《あふ》れている。車好きが作った車に車好きが乗る。それは今の車が失いかけている大切なことだと海谷は思う。

改造ナビを仕込む前、純正のカーオーディオはカセットテープだった。今はCD機器を載せていて、車内に流れる音楽は亡き父が愛した八〇年代のヒットポップスだ。マイケル・ジャクソンとかフィル・コリンズとか、海谷はリアルタイムを知らないが、人の情熱を感じさせる楽曲は愛車の走りやエンジン音に似合っている。

――およそ三百メートル先、〇〇町交差点を左折です――

スマホのナビにセットしたのは電波塔の位置である。ホテル屋上の蟬人間と前後して撮影・投稿された別の蟬人間がいた場所だ。そちらはホテルのような騒ぎが起きたわけでなく、電波塔の管理者に通報があったわけでもない。だが坂口は、『古屋くんの奇怪な行動がウイルスに起因』するならと言った。荒唐無稽《こうとうむけい》なウイルス説を否定しなかった。海谷はずっとそのことを考えている。

ウイルスならば古屋教授は最初の一人か？　伝染するのか？

坂口らによればウイルスの目的はただひとつ、増殖だ。宿主に寄生して爆発的に増え、より多くの宿主に乗り移ること。そこに思考の欠片《かけら》もないから凶悪犯より恐ろしい。海谷にはそれが優秀な殺戮《さつりく》兵器に思われる。

感染かどうかを知りたかったら同様の事案を調べるのが早道で、今のところは電波塔の蟬人間が唯一の手がかりだ。登っている人を偶然見たか、投稿者のいたずらかもしれないと思っていたが、もしもそうではなかったら？　だからとにかく現場を調べる。パンデミック騒動は二度とごめんだ。

街の明かりが遠ざかり、夜空に黒々と丘の輪郭が見えてくる。そこに建つ電波塔は巨人のようだ。ポツンポツンと灯《とも》っていた家の明かりはもうなくて、強い風に丘の木々が揺れている。塔が発する電磁波を警戒する人が多いため、電波塔は畑の中の丘に建ち、周囲には家がない。昼なら景色のよい場所であろうが、今は灰色の空と黒い電波塔を不気味に感じる。

――目的地周辺です。音声案内を終了します――

スマホが言って、海谷は道路の終わりへ車を進めた。

舗装された道は次第に土や石に覆われていき、ヘッドライトが草を照らした。車道の先は広い空き地で、石跳ねでボディが傷つかぬよう遅い速度でさらに進むと、タイヤがチリチリと石を踏むのを体に感じた。

脇にそびえるのは見上げるほどの電波塔で、ＳＮＳの投稿を見たときも相当な高さだと思ったが、実際に目にすると想像以上に巨大であった。

周辺には街灯もなく、車のライトに浮かぶ場所以外は真っ暗だ。車をバックさせて正面を電波塔に向けると、ヘッドライトを点《つ》けたまま車を停めて外に出て、夜の香りに包まれた。風は潮の香りを含んでベタ付いていて、電波塔の背後では森がワサワサ鳴っていた。土と砂利の地面は所々に草が茂って、夜空は降りたそうな色をしている。

海谷はカーナビ代わりのスマホを外し、ポケットに入れて電波塔の際まで進んだ。塔の周囲はフェンスで囲まれ人の進入を拒んでいるが、乗り越えれば中に入れそうだ。一方で塔は東京タワーと見まがうばかりの大きさで、投稿写真の場所まで登ろうとすれば相当に体力を消耗するだろう。編み上げられた鉄柱が天空高く延びていく様は美しく、見上げるとその迫力に圧倒される。

投稿写真を確認すると、蟬人間は電波塔の支柱を森側から登っているようだ。スマホのライトを点けて足元を照らしながら森側へ回り込み、電波塔に光を当てて次第に上部を照らしていく。森がワサワサ鳴り続け、草むらがなびいている。細かく組まれた鉄の棒、巨大なメインポストにブレーシングにアーム、そして人が用いる鉄梯子《てつばしご》……ドキ、ドキ、ドキ、と、海谷は何かを見つける気配に慄《おのの》く。

五メートル、八メートル、十メートル。上部へ向かうほど光が拡散されてよく見えない。それでも目をこらしていると、光が届かぬ十五メートルほどの高さの場所で何かが揺れているような気がした。照らしたくてもスマホのライトは対象物に届かない。仕方がないので明かりを消してそれを見た。

斜めに組まれた鉄骨の角に、布のようなものが引っかかっている。暗くて色はわからなかったが、シルエットからTシャツではないかと思われた。

ゾッとした。

際まで進んでフェンスを登り、今度は地面をつぶさに照らした。すぐにスニーカーが見つかった。靴下が入ったままになっている。

「……うそ……」

フェンスを握る指が凍えて、全身に震えがきた。

遠くを照らすと光が拡散してしまうスマホのライトも、地面を照らす分には申し分ない。スニーカーは一足分、ディスプレイ画面が割れたスマホが一台、支柱の近くにジーンズが、雨に打たれて泥だらけになっていた。土台のコンクリートに人間の髪らしきものがバラバラにへばりついているのを見たときは、叫びたいほど恐怖を感じた。コロコロと散らばっている白いものは何だろう。それが臼歯《きゅうし》と知ったとき、海谷はフェンスから飛び降りて尻餅《しりもち》をつき、嘔吐《えず》いて地面に戻しそうになった。

すぐさま坂口に電話をしたが、呼び出し音ばかりで応答はない。

そうか、まだ研究室ね。

見上げた空に銀色の雲が、恐ろしい速さで流れていく。今するべきは通報だけど、知識のない管理者やポンコツ警察官がヘラヘラやって来るのは困る。夜が明けて民間人がやって来るのはもっと困る。どうすればいい？　どうすれば？

坂口の指示を仰げない今、この緊急事態を、誰に、どうやって伝えるべきか。

尻餅をついた地面から湿気が体に染みてくる。海谷は静かに立ち上がり、ハンカチを出して口を覆った。考えあぐねた結果脳裏に浮かんだのは、毎度スタンドプレイを咎《とが》められるＳＳＢＣの上官だった。

「まったく……」

スマホを握ってため息を吐き、

「……はあ、むかつく……でも仕方ない」

自分に言って宙を睨《にら》んだ。

事なかれ主義が腹の立つ相手ではあるけれど、彼が正しいことは理解している。ただ、全員が事なかれ主義では角度も視野も限定されてしまうと思うのだ。それで有用な捜査ができるのか。救える命を救い損ねることはないのか。

「もう……いつか必ず私に感謝してもらうわよ」

上司の連絡先を呼び出すと、意を決して発信ボタンを押した。

「もしもし？　海谷ですが、こんな時間にすみません」

怒号に備えてスマホをやや離したとき、額にポツンと雨が当たった。つけっぱなしの車のライトが雨の滴を光らせている。不機嫌な上司の声を聞きながら、(課長は私に感謝する。絶対あとで感謝する)と、海谷は心で呪いをかけた。


帝国防衛医大の特殊研究室で坂口は、二階堂の粘膜を与えられたシスト様のものが覚醒《かくせい》していく様を見た。それは見る間にシストを脱いで変態し、体の一部をヒラヒラと隆起させながら移動して、二階堂の粘膜細胞に襲いかかった。

「見てください。アメーバです。やっぱりシストだったんですよ」

二階堂は興奮した声を上げ、すぐに、

「おかしいな……シストのまま動かない個体のほうが多いぞ」

独り言のようにつぶやいた。彼が言うとおり、おびただしい皺《しわ》だらけのシストに変化はない。その中にたまたまあった個体が活性化して、透明な巻き貝のように姿を変えているのだった。巻き貝状のそれは複数の核を持ち、エサを貪《むさぼ》り食っている。

「萎《しな》びているのはやはり死骸《しがい》かもしれないね。少量ながら生体が交じっていて、それが蘇生《そせい》したんだろう」

「これ……」

と、二階堂が坂口を見た。ゴーグルを通して見える瞳《ひとみ》は真剣だ。

「フォーラー・ネグレリアに似ていませんか？」

フォーラー・ネグレリアは淡水や土壌にいる細菌捕食性生物で、ヒトや動物の宿主を必要としない自由生活性アメーバに分類される。多くは温かい淡水に潜んでいるが土壌から見つかることもあり、口から取り込んでも感染しないが、鼻腔《びくう》に入ると粘膜に取り付いて、繁殖しながら嗅《きゅう》神経を辿《たど》って嗅球に至り、脳まで侵入、脳組織や脳神経を貪り食ってドロドロに溶かしてしまう。恐怖を喚起する『人喰《ひとく》いアメーバ』や『脳喰いアメーバ』という呼び名まである。

坂口は注意深く観察した。そのおぞましさとは裏腹に、フォーラー・ネグレリアは美しい。薄い飴《あめ》色《いろ》に透過する体に桜色の核が複数浮かんでいる様は、ソーダガラスで作られた芸術品のようにも見える。エサが豊富にあるところでは仮足を使い、素早く移動する場合は鞭毛《べんもう》を使う。アメーバ、シスト、鞭毛期、と変態できる。その生態は工夫に満ちて、古屋ならずとも興味は尽きない。だがこれは、

「似てるけど奇妙に歪《ゆが》んでいるなあ」

「そうですね」

「ううむ……なんというか……——」

正体不明のアメーバは空腹だった。二階堂の細胞に食らいつき、貪欲《どんよく》に取り込んでいく。だが、しかし、動きが歪《いびつ》で苦しそうにも見える。アメーバに感情があるはずもないが、縮んで皺だらけになったシストよろしく、動きがあまりにぎこちない。

「——なんだろう……まるで痙攣《けいれん》しているようだ」

「あっ」

二階堂が声を上げたのは、細胞を捕食していた個体がトゲ状に変形したからだった。桜色の核が歪んで分裂、激しくのたうち回っているようにも見えた数秒後、アメーバは突如砕けて液体中に散らばった。

「なんだ」

と、坂口は思わず言った。

さらに数秒後、それぞれの欠片《かけら》が一つの核を持つアメーバとして再生し、さっきは

見向きもしなかったシストの死骸を取り込み始めた。見る間に膨らみ、体内に複数の核が出現する。どれもが奇妙に歪んでぎこちなく、くっついたり離れたりしながら増えていく。二階堂も坂口も声をなくした。

試料ステージに載せたガラスがアメーバで覆われるまでの数分間、二人は動くこともできずにモニターを見ていた。

何度鳴らしても海谷は電話に出ない。

時刻は午前三時を過ぎたが、坂口はまだ大学にいた。特殊研究室を出て自分の部屋へ戻ったところだ。テーブルの向かい側に二階堂が掛けて、窺《うかが》うようにこちらを見ている。呼び出し音を十数回聞いたところで電話を切った。

「応答がない。寝てるんだろうか。まあ、そうでもしないと警察官は気の休まるときがないものなあ」

特殊研究室を出たのがついさっき。ロッカーに残していた携帯電話に海谷から複数回の入電記録があるのを知った。ほかに自宅の番号も残されており、そちらはチャラだと思ったが、ようやく眠った赤ん坊をベルで起こしてはかわいそうなので連絡していない。帰るにも電車はすでにない。このまま朝を待つつもりだ。

「真夜中ですからねえ」

海谷が応答しないと知ると、二階堂は欠伸《あくび》をした。

「少し眠るかね？　テーブルで」

掃除が行き届いていないので、手足を伸ばそうと床に寝転べば体に埃《ほこり》がつくだろう。テーブルならば突っ伏して眠れる。片付けておいてよかった。坂口はテーブルを二階堂に譲って、奥のデスクへ移動した。

「あれが体内で起きたんですよ――」

テーブルの上で指を組み、つぶやくように二階堂は言う。

「――海谷さんが言った通りに、病原性アメーバの爆弾になったんです。空から降って飛び散って、粘液で他の人にくっついて、その人の体を溶かすんです」

二階堂は疲れた顔だが、興奮で瞳がギラギラ光っている。

「海谷さんじゃないけど焦ります……汚染された体がゲル状になって下水に流れていったんですよ……下水を採取しないと……エサは何かな？　人体だけでなくバクテリアを捕食して繁殖できるとなったら大変ですよ。ヒトをエサにしたときほどは増えないとしても、誰かに取り付けば同じことが起きるんだから……シストはどうして死んだんだろう。ああ、でも、粘膜からしか侵入できないのなら、水に対する注意喚起をすればいいのか……夏休みになると子供が水遊びする。そうなったらもう」

二階堂はブツブツとつぶやき続ける。

「眠って頭を休めないと、調べることが山のようにあるが、その前に参ってしまうよ」

「そうですが、気が立っていて眠れません。先生は古屋教授が一人目の感染者だと思いますか？」

「わからない。だが、先《ま》ずは感染源を特定しないと……明日、いや、もう今日か。スケジュールを整えて一刻も早く彼の大学へ行ってこようと思う。怪しい場所のひとつは穂高連峰の大キレットだね。古屋くんはフィールドワークに教え子を連れて行く主義だったから、同行した学生がいるはずだ」

「なら、感染した学生もいるってことですか？　大変じゃないですか」

二階堂が立ち上がったとき、坂口の携帯電話が鳴った。

「海谷さんだ」

言うが早いか二階堂がそばへ来て、坂口の携帯電話をスピーカーにセットした。

「もしもし？」

――坂口先生。よかった……遅くなってすみません――

「何度か電話をもらったようだが、研究室にいたので電話をロッカーに入れていて」

――今は？――

「大学の自分の部屋だよ。二階堂くんも一緒だ」

「二階堂です」

と、彼も会話に入って来た。しばし呼吸を整えてから、海谷は言った。

——お二人と別れてから香取市の電波塔を見に来たんです。そうしたら、こちらにもヒトの抜け殻というか、着衣があって——

坂口と二階堂は顔を見合わせた。

——ホテルの状況に酷似しています。こちらで通報がなかったのは人目に触れない場所だったからだと思います。シャツは電波塔に、靴とズボンは電波塔の下に……毛髪も確認しました。部署に報告する前に先生から注意事項を聞きたかったんですが、連絡が取れなかったので仕方なく鬼の上司に電話して、私は今も現場にいます。前回のことで懲りたのか、上司も迅速な対応をしてくれて、いま現場は大騒ぎです——

「遺体や着衣に触れたかね」

——触れていません。でも空気感染するタイプなら——

「それはないです」

と、二階堂が言った。

「恐らくないと思います。古屋教授のものと思《おぼ》しき毛髪に付着していたのはウイルスではなくアメーバでした。アメーバは空気感染しない。汚染水の飛沫《ひまつ》を浴びたり吸い込んだりして、鼻や目の粘膜に付着すると危ないですけど」

——アメーバ？　わかったの？——

海谷が大きな声を出す。

「いや、まだだ。奇妙なアメーバを発見したことはしたんだが、正体がわからない。不活性化したシストもおびただしくあるんだ」

——見えたのね？——

「壊れたものが多かった。もっとレアなサンプルがあれば」

——ひっどい！——

と、彼女は叫んだ。

——科捜研には生の検体が行っているのよ。眼球の中身とか靴の中とか——

「さぞかしウヨウヨいたんでしょうねえ」

イヤそうな顔で二階堂が言う。

——先生が調べてすぐわかったのなら、うちの機関はなぜ情報共有してくれないの？　飛沫で感染？　当日は雨だったのよ、路面を掃除した人は？　トラックの運転手は？　もう感染しているってこと？——

「いやいや、まだ本当のところはわからないよ。正体も特徴も生態も、感染経路も予測に過ぎない」

——だからなに？——

と、海谷は吠《ほ》えた。

——少なくとも二人の人間が溶けたのよ、防衛手段を講じるべきだわ——

「ごもっとも」

二階堂が言う。彼に促されて坂口は、特殊研究室で目にしたことを海谷に話した。

ヒト粘膜を捕食して活動的になった個体は破裂、その後急速に数を増やしていったが、それがなぜかも、死骸《しがい》の謎もまだわからない。

——あ。先生——

古屋の大学へ行ってみるつもりだと伝える前に、海谷は会話を中断した。

——集合がかかった。いったん切ります——

ブツッと通話が切れたあと、室内には静けさだけが広がった。

全寮制の大学なのでキャンパス内には二千人の学生たちが眠っているのに、坂口にはその静けさが、守らねばならない命の平穏の音に聞こえるのだった。

だからなに？　防衛手段を講じるべきだわ。

大切なのは次の犠牲者を出さないことだ。アメーバの正体が不明でも、早計だったと揶揄《やゆ》される結果になったとしても、身近に迫る危機を知る権利は万人にある。

「夜が明けたら学長に話そう。ここは帝国防衛医大だからね」

「それがいいです」

答えた二階堂に坂口は言う。

「だから眠ろう、少しでいいから。寝不足の頭で碌《ろく》な仕事はできないよ」

オリーブ色のテーブルクロスに二階堂が突っ伏すのを見届けてから、坂口は専門書を枕に目を閉じた。

瞼《まぶた》の裏では奇妙に歪《ゆが》んだアメーバたちが、萎縮《いしゅく》と分裂と再生を繰り返していた。

コツコツコツ、いるかセンセ、コツコツコツ……

遠くで音を聞いていた。デスクで目を開けたとき二階堂の立ち上がる気配がして、顔を上げるとドアが開くところであった。

廊下にチャラが立っていて、二階堂を見上げて言った。

「あれ、二階堂助教じゃないカ。坂口センセは？」

首を伸ばして覗《のぞ》き込み、奥のデスクの坂口を見つけた。

「やっぱりイタか！　トショリだから無理するナと言ったのに！」

いつの間にか明るくなっていて、時計を見ると午前七時を過ぎていた。

チャラは重ねたタッパーを両手に抱えてズカズカと部屋に入ってくると、さっきまで二階堂が突っ伏していたテーブルに載せた。

「部屋キタナイ。掃除しロ」

寝ぼけ眼で立ち上がり、坂口は、はみ出していたシャツの裾《すそ》をズボンに収めた。

「昨日は帰って来なかったナ。何かあったカ、心配したゾ。ゴハン持て来た。ケルベロスにチョト食べられたけど、これ食べて元気だせ」

重ねたタッパーは三種類。炒《いた》めた野菜と蒸し鶏《どり》と、ジャスミンライスが詰め込んである。

「差し入れですか、うわ、旨《うま》そうだな」

歓喜の声を上げたのは二階堂だ。

「たくさんあるカラ助教も食べロ」

制服の尻《しり》ポケットからスプーンとフォークを出して言う。八時になれば国旗掲揚と朝礼がある。チャラは正装でそれに出なければならない。忙しいなか自分のために食事を運んでくれたと知ると、坂口は胸が熱くなる。

「心配させてすまなかったね。本当においしそうだ。遠慮しないでいただくよ。そういえば夕飯も食べていなかった」

「やっぱり！　そう思たヨ」

チャラはテキパキとタッパーの蓋《ふた》にそれぞれの食事を取り分けた。

「お茶あるカ？　あるな？　研究室はお客が来るでョ」

冷蔵庫を勝手に漁《あさ》ってペットボトルのお茶を出す。

「早く食べロ。活動食カラ」

「いやあ、嬉《うれ》しいなあ」

坂口より先に二階堂は席に着き、炒め物を食べてすぐ「辛っ！」と悲鳴を上げた。

「そうカ？　辛いカ？　辛くないダロ」

指で摘《つ》まんで味見して、

「コレ、ぜんぜん辛くない」

と、チャラは笑った。

「タイ料理はね、けっこう辛いよ。蒸し暑い季節には合っていると思うがね」

ありがたく食事を頂いていると、立ったままでチャラが訊《き》く。

「センセ何があったカ。また一大事？」

蒸し鶏を咀嚼《そしゃく》しながら二階堂が坂口を見る。

飯粒をこぼさぬよう口元を覆って坂口は言った。

「実はそうなんだ。未知の病原性アメーバが見つかった可能性が」

チャラは一本に繋《つな》がった太い眉毛《まゆげ》をひそめた。

「悪いヤツか？」

「ヒトを溶かすんだ。ドロドロに」

二階堂が言う。

「ドロドロなにか？」

「ジョークみたいにしてしまう。ヒトを」

「ひええっ」

と、チャラは悲鳴を上げた。

「どこにいるソレ」

「わからないから調べている。だからしばらく家には帰れないかもしれないよ。明日は長野へ行くつもりだし」

「ダイジョビなのか？　また封鎖になるか」

ウイルスが盗まれたときのことを言っているのだ。

「そうはならないと思うがね、ウイルスのように空気感染はしないはずだが、感染者の体が溶けるというのがいけない。組織に触れてしまうと危険だ」

「排水に混じったアメーバが生き延びているかどうかも、まだわかっていないんだ。だから公園の水場などには近づかないほうがいいよ、ぜったい」

「ワカタ。ルンに水遊びさせナイよ。先生」

チャラは大真面目な顔をした。

「なにか手伝わせてクレ。センセはチャラの恩人だから、手伝うのアタリマエ。何すればイイか、言ってみロ」

二階堂は坂口に向かって眉《まゆ》を上げ、首をすくめた。

「チャラくんは勉強しないとダメだろう。この大学は甘くないぞ」

「ワカテル。勉強スルけど手伝いもスル。何すればイイか教えロ早く」

坂口が答えに窮していると二階堂が、

「落下時の古屋先生と接触した可能性がある人物を特定してもらったらどうでしょう」

「警備員と宅配業者だったと思うがね」

「通行人もいたんですよね」

確かにそうだ。尻餅《しりもち》をついて悲鳴を上げた人物がいたはずだ。

「警備員と宅配業者は警察のほうですぐわかるでしょう。でも、その二人よりむしろ通行人のほうが心配です。騒ぎを聞いてから外に出た警備員は組織や飛沫《ひまつ》に触れた可能性が低いですけど、通行人は……体液を浴びてアメーバを取り込んだ可能性があるのではと」

「だが、たまたまそこを通っただけかもしれない。そういう相手を特定できるかね？」

「無理でもやってみるべきです。警備員が顔を知っているかもしれないし。幸いにも裏道ですよね？　そういう道を使う人って限られるんじゃないでしょうか」

「確かにそうだな」

「もしも人物が特定できれば、事情を話して検体を採取させてもらえるかもしれません。感染が疑われた場合はミルテホシンを投与するという手も」

「ミルテホシンはアメーバ感染症の薬だナ――」

と、チャラが言う。

「――それがイイ。その人助かる、大事なことダ。チャラがやる」

坂口はチャラにこれまでの経緯をかいつまんで伝え、ホテルの場所と落下の日時をメモして渡した。そしてこう付け足した。

「正体不明のアメーバ感染症については徒《いたずら》に吹聴……無闇に……コホン、ああ、ええと……本当のことがわかるまで誰かに話すのをやめてほしい。ぼくはね、SNSが怖いんだ。真実をウソと思われないよう、わかっていること以外は喋《しゃべ》らないでくれ」

「ヒトが溶けたは、わかてることカ?」

「そうだが、それを知る人ハほとんどいないし、それがアメーバのせいだと言い切ることもマダできない――」

イントネーションがおかしくなりながら坂口は続ける。

「――できる限り早く原因を見つけるつもりだが、本当のことがわからないのに危機感を煽《あお》ると別の問題が多発して、そちらに労力を取られてしまう。早急に事態を収めるためには急所を一気に突かねばならない」

チャラは自分の股間《こかん》に手を置くと、

「オゥ！」

と、ひょうきんな悲鳴を上げた。

「ＯＫ。先生はチャラを信用するネ。チャラと先生はチームだから」

そして時計を見上げると、

「ヤバいぞ。タッパ洗ってクレな。あとで取りに来るカラさ」

坂口のメモをポケットにねじ込んで、慌てて部屋を出て行った。


早急に長野へ行くため休講の手続きなどをしていた午後に、またも海谷が電話してきた。坂口は移動中に廊下で電話を取った。

古い学舎の薄暗い廊下は中学の校舎を思い出させる。あの頃履いていたのはサンダルではなく、赤いリボンで印をつけた上履きだったが。

――気になる事案が発生しました――

その言葉に坂口は痛みを感じた。

「脅かさないでくれ、心臓に悪いよ……なんだね？」

――脅かすつもりはないので先に報告しておきますが、先《ま》ずは二階堂さんに頼まれたので、海外含め同様の事案をサーチしました。結果として、一九〇〇年代初頭まで遡《さかのぼ》ってみましたが、健康だった人が数日でドロドロに溶けるような事案は見つかりませんでした。穂高連峰の登山者たちにも今のところ妙な情報はありません——

ならば直近に起きた二つの例のいずれかが、発症の『一例目』だったということか。

——あと、電波塔で発見された着衣の持ち主がわかりました——

そこで海谷は言葉を切った。

無言の数秒間に緊張を感じて、携帯電話を持つ手に力が入る。廊下はひんやりと涼しいが、携帯電話を押し当てた頰が汗ばんで、体が熱く、鼓動は速くなっていた。

——苦労しましたが、壊れたスマホからデータを取り出せたんです。亡くなったのは二十四歳の滝沢治《たきざわおさむ》。信濃大学医学部で免疫・微生物学を学ぶ院生でした——

「なんだって」

——古屋教授の教え子です。千葉の香取市に実家があって、金曜の午後に実家へ帰り、日曜の昼過ぎに大学へ戻ると言って家を出て、大学の寮へは戻っていませんでした。時間的には古屋教授より先に死亡したようです。潜伏期間とかわからないのであれですが、家族に電波塔のことを聞いたらおかしな点が……——

「なにかね？」

——着衣があった電波塔は、その立派さと高さから鉄塔マニアがよく知る場所で、蟬人間を撮影したのもマニアの一人で、けっこう人が来ているようです。でも滝沢治さんには電磁波過敏症の所見があって、自分から近づいたり登ったりするはずはないとご家族が……——

「電磁波過敏症？」

——呼吸困難や頭痛などの症状が出るようで、パソコンや携帯電話は仕方なく使っていたようですが、磁場と電流の関係が何たらと、ご家族によく話をしていたそうです。人の体内電流は0.1から0.2mAと微弱であり、それが体を動かしているのに、電磁波を気にしないのはおかしいと——

何かが坂口のアンテナに引っかかった。が、それが何かはわからなかった。

滝沢なる人物が古屋の教え子だったという衝撃の事実がアメーバの感染源を示しているようで、やはり長野へ行かなくてはと坂口を急《せ》かした。古屋くんたちは正体不明のアメーバを採取したのか。そのアメーバは危険を知らされないままに、まだ古屋くんの大学にあるのか。古屋くんはどこからアメーバを持ち帰ったのか。そして知らぬ間に感染していたのか。

——緊急事態と判断したので、信濃大学へは関係機関を通じて報告しました。古屋教授の研究室を封鎖して、早急に関係者の体調をチェックするそうです——

「それがいい。そうしてくれ」

——では本題です。事案をサーチしていて偶然拾った情報ですが、私的にはこっちのほうが気にかかっていて——

いいですか？　と、前置きしてから、海谷は深刻な声で言う。

――場所は京都市、昨日の午後です。消防と病院のやりとりから特定感染症に係る事案を抜き出して保存するＡＩ鑑識の記録で釣りました。『溶ける』『崩れる』『硬直』『高所』『蝉人間』などのワードで抽出したら――

「……京都」

ゾッとして坂口はつぶやく。海谷は言った。

――人体溶解事件とまではいかないものの、奇妙な事案が見つかったんです。担当の消防署にも電話で話を聞きました。清水寺《きよみずでら》で中年女性が大型バスの前面に倒れ込んで死亡したという――

「それで？」

――車体の下から女性を引き出したとき、触れた箇所にブヨブヨとした違和感があり、病院に搬送してストレッチャーに乗せ換えるとき、体の一部が崩れたそうです。まるで豆腐のようだったと隊員は言っていました――

「…………」

想像が追いつかず、坂口は言葉が出なかった。

――処置ができずに彼女は死亡。搬送先の病院を教えてもらって確認したら、ご遺体は病理解剖に回す予定で冷凍保存されているようです――

「溶けていたわけではないんだね？」

——そうですが、現場から病院へ搬送される三十分程度で分解が進んでいます。溶ける最中だったとは考えられないでしょうか——

なんてことだ。と、坂口は思った。

「でもその女性は高いところへ上ったわけではないね」

——はい。でもそれも、高所へ向かう途中だったのかもしれない。清水寺には『舞台』があります。組織サンプルを提供してくれるよう病院に頼んでみますか？——

「可能ならばぜひ頼むよ」

——すぐに手配して大学へ送ります。あと、関係機関には遺体の取り扱いについても話しておきます。無闇にご遺族を近づけないよう——

「サンプルの採取もだが、その病院には専門的な知識を持つ人がいるのだろうかね」

——ご心配には及びません。生物兵器と同様の扱いをするよう話しますから——

「それがいい。用心に越したことはないからね」

通話に夢中で自分の研究室を通り越し、棟の端まで来てしまった。行き止まりの壁が目の前にきてようやく、坂口はそれに気がついた。

東京で溶解した古屋と、千葉で溶解した学生は繋《つな》がった。しかしあのアメーバが古屋の研究室から出たとするなら、学生でもない中年女性が京都で死んだのはどういうわけか。もしも彼女が感染者なら、感染源は古屋の研究室や、フィールドワークで訪れた先ではないのだろうか。古屋は『それ』をどこから持ち込んだのか。穂高連峰の大キレット……やはりそこが怪しいだろうか。

高山の水は地表に湧き出る。飲もうとする者もいるだろう。汚染された水を飲み、アレが体内でシストを作り、糞便《ふんべん》に混じって外に出たなら……。

「海谷さん、ぼくは明日、古屋くんの大学を訪ねるつもりだ。彼の教え子と話してアメーバがどこから来たか調べるよ。古屋くんがぼくに話そうとしたのは新種の発見か、それに類することだったのかもしれないからね」

――研究者にとって新種の発見は極秘扱いじゃないんですか？　訊《き》けば話してくれるんですか？――

「論文で発表するまで秘匿する先生もいるにはいるが、学者は案外お人好《ひとよ》しでね、広く知識を求めるタイプが多いものだよ。昆虫少年みたいに、珍しいものを見つけると自慢したくなるんだ。他の研究者は、それをうらやむことはあっても虫かごを奪ったりしない。研究というのはあくまでも自分でやるところが面白いんだから」

――坂口先生はそうでしょうね――

棟のどん突きには細長い窓がある。外に鬱蒼《うっそう》と樹木が茂り、校庭で訓練する学生たちの声が聞こえる。

「二階堂くんに話しておくからサンプルは彼宛に送って欲しい。すぐに調べてくれるだろう。何かわかったら連絡するよ」

——承知しました。最優先で手配させます——

と、海谷は言って電話を切った。

ウイルスに比してアメーバは感染手段が限られるとはいえ、ひとたび侵入されれば恐ろしい速度で病状が進む。もしかすると、古屋くんはいち早くあれの危険性に気付いて研究を始め、それについて相談したくて東京へ来たのだろうか。いや、だが、それは『面白い話』じゃないぞ。『おぞましい話』というべきか。

——ウイルスよりアメーバのほうが面白いですよ——

学会の懇親会で古屋と初めて会ったときのことを、坂口は唐突に思い出す。

あのときも古屋は山男のように日に焼けて、インドシナ半島の大腸アメーバを採取する旅から帰ってきたばかりだと言った。それ自体は無害な大腸アメーバが病原体を持ち込んで風土病を引き起こす。それを調べているのだと。

——増殖手段にかけてウイルスは兵器のように優秀ですが、遺伝物質とタンパク質の殻だけなので生物とは言えません——

その点で古細菌や原生生物のほうが楽しいと、古屋は嬉しそうに話してくれた。

——アメーバなんかは生物ですから。生態も命を繋ぐ手段も独特で、人の想像を超えている。それでいて人のそばにいて、人を家にしたり乗り物にしたり土壌にさえするんですから――

そう言っていたずらっ子のような目を向けた。

――だけどぼくらはそれを逆手にとって利用するわけですよ。なんて言うんでしょう……原生生物を相手にしていると、自分が神に思える瞬間があるんです。ウイルスじゃその実感はないでしょう？　あれはただのプログラムですから。原生生物はそうじゃない。あいつらを扱っていると、まがりなりにも生き物の細胞を破壊したり分離させたり、寄生や共生のバクテリアとマッチングしてみたり、種を操作しているという高揚感がありますね。大げさかもしれないですが、ミクロの世界に限って言えば、ぼくは神にもなれるわけです――

次に会ったときには、東シベリアからモンゴル北部にかけての連続永久凍土帯にあるサーモカルストを調べて来たと言っていた。サーモカルストとは地下にある水が溶けて水分が流出し、蒸発散することで凹凸を作った地表のことだ。そこに行けば数億年前に封印された原始生物を入手できる可能性があるのだと。

――研究室に面白い子が入って来まして、彼を連れて行ったんですよ――

その話を古屋くんとしたのはいつだったか。

――ぼくの論文を読んで研究室に来た学生なんですが、先日彼が以前のぼくと同じことを言うのを聞きました。坂口先生は覚えておられるかどうか……原生生物を扱うと自分が神になったように錯覚するという話……――

それが滝沢治だったのだろうか。でも、古屋くんはこうも言っていた。

――まあ、自分もそこに面白みを感じていた口ですが、そこだけを追究するのは危険だと、彼を見ていてちょっと、こう、過去の自分に対して冷静になってしまったというか……いや、もちろん原生生物に知性や感情があるとは思ってませんが、生物と認めたものの尊厳というか、存在に対する畏怖《いふ》というかね、心構えと言いますか……そういう部分もしっかり教えていかないと、マッドサイエンティストを生み出しかねないなあと思ったわけで……――

――やあ、古屋先生、坂口先生も――

別の研究者が割り込んできて、話は途切れた。

あのとき彼はどんな話をしたかったのか。永久凍土から未知の生物を発見したら、古屋くんはどうするつもりだったのか。

研究室で彼はミクロの世界の神だった。だが、その神は死んだ。

まつろわぬ原生生物に殺されたのだ。

Chapter 4　災禍の足音

長野駅で新幹線を降りて、名古屋《なごや》行きの特急しなのに乗り換えた。

列車は市街地をしばらく走り、やがて緑豊かな高原へと入っていく。

東京も長野も同じような曇り空だが、その下の風景は違っていた。灰色にぐずつく空の下、たっぷりと水を吸った様々な色の緑が車窓を流れては消えていく。坂口の大学も緑豊かだが、建物の間に茂る緑と、緑の中に建物があるのとではまったく違う。窓を開けて深呼吸したらどんなに気持ちがいいことだろう。山際に見え隠れする看板なども都会のものとは少し違って、手作り感と地域色が満載でホッコリとする。

四方を山に囲まれた北信濃の風景を見続けていた坂口は、空の高さに山がそびえているのに気付いてハッとした。

あれが穂高連峰だろうか。山の名前はよくわからない。

松本駅で列車を降りてタクシーに乗り、信濃大学へ行って欲しいと頼んだ。街は山々を背景にしているが、さらなる高さにも雪を頂いた尾根がある。北アルプスも南アルプスも天気がよければ見通せるのだと運転手は言った。

「山は真冬がきれいだねえ。空気が澄んでよく見える。今日は曇りで残念でしたね」

高層ビルがほとんどない街は、庶民的な空間と近代的な空間と歴史的な空間が混在していて、それらに垣根を感じない。坂口は携帯電話を出して、古屋同様懇意にしていた信濃大学の免疫学研究者に「間もなく到着します」と伝えた。


研究棟へ来るなら正門から入るのが早いと教えられて車を降りると、そこは明るい緑に囲まれた近代的なキャンパスだった。

電話で案内されたとおりに正門から入って研究棟で呼び出しをすると、白衣の裾《すそ》をなびかせて懇意の研究者がエレベーターを降りて来た。古屋より若い彼は名を二木《ふたつぎ》といい、二年ほど前に古屋が学会へ連れて来て名刺交換したことがある。懇意といってもそれだけの縁だが、彼に口利きをしてもらう他はなかった。

「坂口先生、このたびは遠いところを、ほんとにどうも」

二木は沈痛な面持ちで頭を下げると、坂口の背中を押すようにして、ラウンジではなく無人の会議室へと案内をした。広い室内にテーブルや椅子が整然と並ぶ部屋に入ると、一番手前の椅子を引き、坂口を座らせて言う。

「古屋教授だったというのは本当ですか？　学生たちには教授が何かに感染したらしいということ以外、まだ詳細を伏せているんです」

坂口は帽子を脱いでテーブルに載せ、持って来たカバンを膝《ひざ》に抱えて二木を見た。

「毛髪が古屋くんのものであるのは間違いないと聞いています。ほかはまだ結果を聞いていないんですが……残念ながら……おそらく」

二木は怯《おび》えた顔だ。痩《や》せていて、坂口時代で言うところの『坊ちゃん刈り』のような髪型で、縁なしの丸いメガネをかけている。前歯二本が大きくて、話すとき前のめりになるのがマスコットのようで愛嬌《あいきょう》がある。

その彼が唇をギュッと噛《か》み、すがるような顔で訊《き》く。

「毛髪って、あの……溶けていたというのは事実ですか……まさか本当にドロドロに……？」

詳細を言葉にするのが忍びないので、坂口は頷《うなず》いた。そして訊《たず》ねた。

「大学院生に滝沢治さんという方がいるのはご存じですか？」

「知っています。古屋教授の研究室で原始クラミジアの研究を……偏性細胞内寄生性細菌の増殖能力を再生医学に応用しようという」

「先週は大学に来ていない？」

コクンと大きく頷くと、苦しげに首を傾げて二木は言う。

「昨日、大学から、古屋教授と滝沢くんが未知の感染症で亡くなった可能性があると知らされました。研究室を閉鎖して消毒し、研究室に出入りしていた者は全員検査するというので、すでに学生たちを附属病院に行かせています」

そして坂口の目を覗《のぞ》き込んだ。

「感染の初期症状とかはわかっていますか？　どのように進行していくのかは」

坂口は頭《かぶり》を振った。

「何もわかっていないんです。だからこうして話を聞きにやってきた」

「でも坂口先生は古屋教授を見たんですよね」

「ご遺体は見ていません。ただ、毛髪に大量のアメーバが付着していたのは確認しています。古屋くんは原生生物のエキスパートでした。そのアメーバが彼の研究対象物だったのか、そうならどこで採取したものか、私はそれを知りたいんです」

二木は目を逸《そ》らさない。何が起きているのか、もっと、本当のことを知りたいのだろう。ところが彼の縁なしメガネを見て、坂口は別のことを思い出したのだった。

「つかぬ事を伺いますが、古屋くんは最近メガネを？」

「どうだろう……普段はコンタクトでしたけど、メガネの時もあったんじゃないですかね。コンタクトはぼくも勧められたけど、体質に合わなくて」

「コンタクト……そうですか」

「ゴーグルを着けるときはコンタクトのほうが楽ですからね。古屋教授はコンタクト派で、研究室にも洗浄液など揃えてましたが……それがなにか？」

と、二木は訊く。

「いえ、メガネが屋上にあったと聞いたので、メガネなんかしていたろうかと」

本当は彼が死んだと信じたくなくて、重箱の隅を突《つつ》きたかっただけなのかもしれない。坂口は俯《うつむ》いて、そして伝えた。

「防犯カメラの映像で、彼がある晩、ホテルの部屋を出て屋上へ向かったことがわかっています。そして転落防止柵《ぼうしさく》の外側に張り付いて、おそらく死亡し、溶解して、数日後に地面に落ちた。遺体はドロドロになっていて、残されたのは着衣のみ。ほとんどが雨に流れて下水へ消えた。それが私の知っていることです」

愛嬌のある青年は痛ましそうな顔で口をポカンと開けてしまった。

坂口はさらに言う。

「院生のほうは電波塔に登っていたようでした。現場で着衣とスマホが見つかりましたが、体はありませんでした。残っていたのは毛髪と歯と骨の欠片《かけら》だけです」

しばらくしてから二木は、

「研究室の封鎖も決して大げさじゃなかったわけか」

と言って唇を噛んだ。

「ここに」

坂口は抱えたカバンに手を置いた。

「うちの研究室で捉《とら》えたアメーバの写真を持ってきています。それを誰か、古屋くんの研究を手伝っていた人に見てもらいたい」

「わかりました」

二木は会議室から内線をかけて、附属病院に集まっている学生は検査終了後に研究棟へ来るようにと手配した。そうしておいて席に着き、坂口に向かって言った。

「先に見せて頂けますか？」


特殊研究室のＣＲＴモニターが映した画像写真を二木に見せた。彼は何度かメガネを持ち上げて裸眼をこらし、興味深そうにそれを見つめた。そして、

「これ……って……正常なアメーバかな」

と、誰にともなくつぶやいた。坂口も同じことを考えている。

しばらくすると会議室のドアがノックされ、学生たちがやって来た。帝国防衛医大の学生たちとは違い、思い思いのファッションに身を包んだ若者たちは少し不安げな表情で、互いの背中に隠れ合うようにして会議室へ入って来る。

二木とともに立ち上がり、坂口は自分を彼らに紹介してもらうのを待った。二木は

愛嬌のある顔で、けれども真面目な声で言う。

「忙しいのに悪かったね。君たちに少し協力してもらいたいことがあって」

坂口を『医学者でもある微生物学者』と、学生たちに紹介した。坂口のほうも一人一人と目を合わせたが、軽く会釈したあとは口をつぐんだ。何をどの程度開示するつもりなのかは二木に任せようと考えたからだ。二木はさらに言う。

「坂口先生は古屋教授と滝沢くんが感染した件について、うちの大学より少し早く情報を入手していたそうなんだ。それでわざわざ来てくれたんだよ」

学生たちは一様に顔を上げて坂口を見た。

二人に何があったのか、何に罹患《りかん》したかも知らないままに検査を受けろと言われたのだから、不安で仕方がないのだろう。二木とはアイコンタクトで了承を得て、坂口は誠実に言葉を選んだ。

「新種のアメーバが見つかってね。個人的にはそれが病根じゃないかと疑っている。正体を調べたいのだが、心当たりがあれば教えて欲しい。研究室で特殊なアメーバを扱っていたというようなことはないだろうか」

アメーバ……と、学生たちは互いに顔を見合って囁《ささや》く。

バクテリア、ウイルス、などという声もした。

「それってアポピスのことじゃないですか？　わからないけど」

一人の男子学生が言う。

「なんだって？　アポピス？」

聞いたことのない名前だ。

説明を求めて二木を見たが、彼も知らないようだった。二木が男子学生に訊く。

「それはアメーバの名前かい？　ええと……きみは……」

相手は今どきのおしゃれな若者だ。さらさらの前髪で白シャツに薄水色のカーディガン。リュックを背負ってパコパコしたサンダルをつっかけている。

「生体医工学科四年の石井《いしい》です。自分は二相性の増殖環をもつ原始生物について、古屋教授や滝沢先輩と調べています。卒論のテーマがそれなので」

「もしやきみ、教授と一緒に穂高連峰の大キレットへも行ったかね？」

坂口が問うと、彼を含め三人の学生が、

「行きました」

と、手を挙げた。

「そこで採取したのがアポピスなのかね？」

「違います」

と、石井は答える。

「ちょっとこれを見てくれないか」

会議用テーブルに載せた書類を振り返った坂口に、二木が素早く写真を持たせる。坂口はそれを石井に渡した。

「そのアメーバに見覚えは？」

期待とは裏腹に石井は首を傾げただけで、写真を次の学生に渡した。その学生も答えを持っていなかったようで、写真は次々に学生たちを通って坂口に戻って来た。

「見覚えはないかね？　穂高の永久凍土から採取したものでは？」

「アポピスは存在していないんです。古屋教授と滝沢先輩が創ろうとしていた新種のアメーバで、成功したという話は聞いていません――」

学生たちは頷《うなず》いた。

「――病原性のアカントアメーバに共生する細胞内寄生性細菌が太古の病原性クラミジアの特性を温存していることから、教授は十億年程度まで遡《さかのぼ》れる永久凍土の土壌をいろいろ調べて、新種の原始クラミジアを探していたんです」

「探していたのはアメーバではなく原始クラミジアか？　なんのために」

穂高へ同行したと手を挙げた別の女子学生が言う。

「難培養性細胞内寄生性細菌を原始アメーバに感染させる実験のためです。病原性アメーバに有効な薬を創ろうという」

別の一人が補足する。

「地球温暖化が進めばきっと、原始寄生細菌に侵されたアカントアメーバが猛威を振るうときがくると、古屋教授は言っていました。病原性の原生生物がゲリラ豪雨などの浸水に混じって人や動物に取り付くはずだと。アメーバ感染症は劇症型だし、脳に侵入されたらお手上げなので」

それには坂口も異論がない。古屋の『面白い話』が見えてきた。

「なるほど、そういうことだったのか……クラミジアはエネルギーの大半を寄生細胞に依存しているからね。ウイルスよりも大きく、細胞壁があり、分裂して増殖する……うん、そうだ……そして宿主細胞を崩壊させて、次の細胞に二次感染するんだったね」

電子顕微鏡の試料ステージで起きていたのはそれか。アメーバはやはり病んでいた。何か太古の細菌に感染させられ、細胞が破裂したというわけだ。だが、すぐにそれぞれが再生した。病んだままのアメーバとして。

「アポピスは古屋教授の研究室にあるんじゃないのか？　誰かそれを知らないか」

二木が訊《き》くと、学生たちは顔を見合わせた。

「完成したとは聞いていません」

「滝沢先輩なら知っているんじゃないかな。ずっと助手をしていたんだし」

だが滝沢治はもういない。坂口も重ねて訊いた。

「アポピスと名付けたのは古屋くんかね？　命名の理由は？　聞いているかい」

彼らは互いに視線を交わし、やはり石井が率先して答えた。

「どちらかというと、滝沢先輩が付けた名前の気がしますけど……エジプト神話の大蛇とか、だったかな？」

女子大生が進み出て言う。

「切り刻まれても復活できるところがアメーバに似ているからと言っていました」

それについて坂口には異論がある。

「いや、それは間違いだ。アメーバは核が破損すれば再生できないよ」

「なんとなくカッコいい、ってのがホントのところだと思いますよ？　先輩はそういうのが好きだから」

「石井くん言い過ぎよ。あれで先輩は超優秀なんだから」

「頭はね」

その脇で一人の学生が、黙々とスマホで『アポピス』を調べて言った。

「ギリシャ語でアポピス、エジプト語ではアペピと呼ばれる架空の怪物。古代エジプト神話に登場する大蛇で、原初の神・水《ヌン》から生まれた。冥界《めいかい》に囚《とら》われて闇と混沌《こんとん》を好み、冥界の水を飲み干して舟を座礁させ、舟で来る死者の魂を喰《く》う。

荒天を呼んで日食を起こし、切り刻まれても復活できることから復活の象徴ともされている。神々に永遠の戦いを挑み、来る日も来る日も雄猫と戦い続けている」

「復活の象徴……」

と、坂口はつぶやいた。

古屋たちを殺したのがアメーバなら、研究室にいただけの学生たちが罹患したとは考えにくい。むしろ古屋たち二人がなぜ罹患したのかが不思議なほどだ。実験中の事故はなかったのかと訊《たず》ねたが、学生たちは心当たりがないようだった。

「教授と滝沢先輩は二人だけで実験室にいることが多かったので、何かあったとしても自分たちにはわからないです」

「原始アメーバと原始クラミジアのマッチングは二人でやることが多かったので」

「マッチングではなく、感染したアメーバ自体を発見したという可能性はないかね」

彼らは総じて首を傾げた。坂口は二木を振り返る。

「どうだろう。古屋くんが保管しているアメーバの画像を見せてもらうわけにはいかないだろうか」

「かまいませんよ。それならぼくの研究室で」

二木はそう言って、学生たちに帰っていいと申し渡した。

「君たちは結果が出るまでトイレの処理に気をつけてくれよ。アメーバシストは糞《ふん》尿《にょう》に混じって外に出るから、必ず蓋《ふた》をして流すんだぞ。手洗い消毒も忘れずに。身近な人には鼻うがいや、素手で目をこするのもやめさせるんだ。いいね？」

学生たちには釈迦《しゃか》に説法だとしても、彼らは素直に頷いて会議室を出て行った。

＊＊＊

ホテルの裏の路地に古屋の体が降った日の夜、宅配業者のトラックは採証作業のためにその場に留め置かれ、一時的に運行できなくなった。担当ドライバーは会社に事情を伝え、最寄りの地域にいた仲間が駆けつけて荷物を載せ換え、配送を請け負った。

不運なドライバーは辛抱強く検証と作業が終わるのを待ち、夜遅くになってから配送センターに戻って汚れたボディを洗車した。

気味の悪い粘液は豪雨がほとんど流し去ったが、フロントガラスのワイパーにまだへばりついている毛髪があり、ホースの水流で流しきれなかった分を仕方なく指で摘《つ》まんで取り去った。

宅配業者にとって配送車は会社の顔だ。それが薄気味悪いもので汚されて、しかも現場を目にしてしまい、彼は胸がムカムカしていた。車だけでなく自分も汚されたような気がしたのだ。車の窓やボディを流れていた赤茶色の粘液が、今も瞼《まぶた》にこびりついていて離れない。彼はバケツに洗剤を入れて運んでくると、スポンジを浸して泡立てて、念入りに車を洗い始めた。そしてときおり、凹凸のあるパーツにそれがまだへばりついているのを見つけてうんざりした。

洗車が終わってボディを拭《ふ》き上げる頃には汗だくだったが、逆に気分は清々として、顔に流れる汗を拭《ぬぐ》った。額に触れて髪を掻《か》き上げ、鼻の下を手の甲で拭って鼻水をすすった。粘液性のそれが鼻腔《びくう》に付着するとは思いもせずに。

＊＊＊

坂口は二木の研究室へ招かれた。研究員らが作業している部屋の片隅で、二木は古屋がコレクションしていた原生生物のリストをクラウドから呼び出して閲覧させてくれた。坂口に椅子を譲って後方に立ち、一緒にモニターを覗《のぞ》き込んでいる。活発にフィールドワークに出ていた古屋は集めたリストも膨大で、肉質虫からアメーバまで多種多様なサンプルの記録が保存されていた。

「直近に絞ってみたいのだが」

椅子を引き、スペースを作ってパソコンの操作を二木に任せ、古屋が採取したかもしれないアポピスを探す。さらにもし、アポピスが創り出されたものならば、古屋はそれを独立したフォルダに入れているはずだ。しかしフォルダは見当たらなかった。

それにしても古屋はわずか六ヶ月足らずの間に、大雪山、富士山、立山などでも土壌を採取していたようだ。それらの記録は地点別にフォルダにまとめられている。

「……あっ」

しばらくすると坂口は、前のめりになって小さく言った。

富士山頂のフォルダ内に形状が近いアメーバを発見したからだ。透明で複数の核を持ち、鞭毛《べんもう》期のものもいれば栄養体もいる。

アレを見たとき二階堂は『フォーラー・ネグレリアに似ていませんか？』と訊いた。

モニターに浮かんでいるそれもフォーラー・ネグレリアに似ていた。

「二木先生、これはどうかね？」

「ああたしかに、似ていると言えば似ていますね」

画像を覗き込んで二木も言う。そして古屋の記録を読んだ。

「自由生活性でバクテリアを捕食……うん。でも歪《ゆが》んだり縮んだりしていませんが」

「そうなんだよねえ……どうだろうか、二木先生」

モニターから二木に視線を移して坂口は訊く。

「サンプルを分けてもらえないだろうかね。新種か、人為的に生み出したのか……学生たちの話を聞くと、もしや偶発的な感染が起きたのではと思うのだが」

「ぼくもそれは考えました。危険性を熟知している古屋教授が易々と感染したはずないですから。一方、研究室内で偶発的事故が起きる可能性は常にあります。今さらこういうことをお話しするのもアレですが、滝沢くんはちょっと……思考が偏っているところがあって、古屋教授もそこを心配していたんです」

「なんだね、思考の偏りとは」

もしやテロなど起こしそうな人物だったのかと思って訊くと、二木は、

「危険思想の持ち主じゃないので勘違いしないでくださいね。滝沢くんはプライドが高く、天才肌で神経質、そして偏執的な恐怖症だったんです」

「悪い資質ではないと思うが」

「そうですが、実験準備の段階で手が震えるのを、ぼくは何度も見ています。常に失敗のみを想像し、怖くなって余計に緊張してしまう……慎重なのはいいですが、それではラテックスに穴を開けるような事故が本当に起きかねません。テンパってくると呼吸困難や頭痛を起こして電磁波のせいだと言ったりする。後輩への指導も過激になって……あと、一番は」

「なにかね？」

坂口が問うと、二木は難しい顔をして言った。

「一番は偏執的な部分です。さっき学生たちがマッチングの話をしていましたが、それを聞いてようやく、古屋教授が彼をマンツーマンで指導していた理由がわかった気

がするんです――」

坂口は、ただ頷《うなず》いた。

「――研究室の事故という点で言うと、滝沢くんは原始生物のマッチングに対して異常な執念を持っていたように思うんです。以前、古屋教授も言ってましたが、つまり……『滝沢くんのあれは探究ではなく性癖だ』と」

「どういう意味かな？」

「教授が言うには『あんなに優秀な頭脳があるのに、マッチングに仮説がない』と。手当たり次第に生物をいじっていたらしいです。そのデータを膨大に取っているはずなのに活用されていないし、クラウドにデータ自体も残していない。それは実験とは言えません。遊びです。もしかしたら、彼は生物に手を加えることそのものを楽しんでいたのではないだろうかと……」

――マッドサイエンティストを生み出しかねない――

古屋の言葉が蘇《よみがえ》る。

「それをあの未熟な技術でやるわけですから、古屋教授としては目が離せなかったのだと思います」

そして事故は起きたのか？　細心の注意を払っていてさえ不測の事態は起こりうる。発症前の古屋の様子からしても、彼が感染に気付いていたとは思えない。それどころかアメーバの危険性に気付いてさえいなかったのかもしれない。闇雲に命を弄《もてあそ》んだのは古屋ではなく学生のほうか。未熟な技術で感染し、古屋くんに感染《うつ》したのだろうか。

坂口は、とあることを思い出して二木に訊ねた。

「その学生さんは電磁波過敏症だったと聞いていますが」

「そうです。実験室のモニターすべてに電磁波防止シートが貼ってあります。スマホは持っていましたが、やはりEMRを遮断する加工をしていました。シナプスを電源とする体内電流が生き物の神経細胞を操っているのだから、微量とはいえ電磁波が及ぼす悪影響は否定できないと……まあ、たしかにそうなんですが」

「電波塔を嫌悪していた？」

「よくご存じで。長時間電磁波に晒《さら》される家電も使わない主義で、特に電波塔は怖かったようです。電磁波もですが、雷が落ちたりもしますしね」

海谷から話を聞いたときに浮かんだ疑問が、今は鮮やかに蘇る。

「ときに二木先生は、古屋くんの高所恐怖症はご存じでしたか？」

「ええ」

と、二木はマスコットみたいな顔で答える。

「高所恐怖症でも研究のためなら高い山にも登れるんだと、よく話していましたよ。欲と好奇心は恐怖を凌駕《りょうが》するんだと」

「ビルの屋上程度は怖くなかったということだろうか」

「いや……そんなことはないと思います。この研究棟は九階建てですが、屋上はイヤだと言ってましたし。人工物で高いのはあり得ないというのが持論でしたね」

——あの人は高所恐怖症だから、好き好んで屋上なんかに行きません——

古屋の奥さんの声がリフレインした。

なんなんだ？　これは。どういうことだ？

坂口はそれより前に、海谷と交わした自分の言葉を思い出してみた。

話の始まりは蟬人間というワードであり、高所から転落した古屋が梢頭《しょうとう》病のような新種の病に罹《り》患《かん》していたのではないかと、海谷は疑問を持ったのだった。

——ぼくが最も奇態に思うのは、もしもそれがウイルスのせいだったとして、鳥に捕食されない人間を高所に移動させても、ウイルスにとっては何の得にもならないということだ——

根本的なところが間違っていたのかもしれない。

古屋も滝沢も蟬のように高所に移動して溶けたから、罹患者は高所へ誘導されると考えた。でもそうではなくて、命の危機を感じる場所へ誘導されていたのなら。

突然口を閉ざした坂口を、心配そうに二木が見ている。

「そうだよ——」

と、坂口はつぶやいた。

「――バキュロウイルスが虫を高所で殺すのは、そこが捕食者に見つかりやすい『危険な場所』であるからだ。つまり高所は昆虫にとっての『死地』なんだ……バキュロウイルスはどうやってそれを知る？　高さや場所を求めるわけでなく、『近づくな』『危険』と遺伝子に刷り込まれている情報を利用するわけだ」

「バキュロウイルスですか？」

と、二木が訊《き》く。坂口は彼に言う。

「アポピスを『原始クラミジアを感染させられた原生生物』と仮定する。すると納得できることがある。原始クラミジアはバクテリアだが、ウイルスと似た生活環を持っている。もしかするとバキュロウイルス同様に、宿主と遺伝子情報をやりとりできるのかもしれない。いや、もっと直接的なのか……脳喰《のうく》いアメーバといわれるフォーラー・ネグレリアやバラムチア・マンドリルリスは鼻粘膜から入る。角膜に侵入するアカントアメーバもいる……なぜ赤痢アメーバのようにシストの状態で口から入らず、目や鼻などの粘膜から入りたがるのか。その先には何がある？」

「下垂体と大脳……ですか？」

「そう。脳細胞だね。そこには記憶に関与する神経ペプチドがある。バキュロウイルスが宿主の遺伝子情報を利用するように、アポピスは神経ペプチドから宿主の記憶回路にアクセスして恐怖の元を知るのかも……生き物の恐怖は死と結びつく、つまりは罹患者の『死地』を知る。そしてそこへと誘導するんだ。宿主は脳をコントロールされて為《な》す術《すべ》がない。体が溶け始めていてさえも、痛みや苦しみに抗《あらが》えない。人はアメーバの乗り物になり、死んで分解されていく」

「え……ちょっと」

二木はメガネを外すと白衣の裾《すそ》でレンズを拭《ふ》いて、またかけ直して坂口に訊いた。

「古屋教授が屋上で、滝沢くんが電波塔で死んだ理由がそれだと仰《おつしや》るんですか」

「そうなら理屈が通るんだよ。京都の女性も……」

「京都？」

「まだ確定ではないのだが、京都でバスに轢《ひ》かれた女性が、救急搬送後に体が崩れたという話があってね」

その女性はバスを危険と認知していて、だから車の前に出た。そうかもしれない。だが感染経路がわからない。

「ときに古屋くんか滝沢くんが、最近京都に出かけていたというようなことは？」

「ありません」

二木はすぐさま答えた。

「京都から古屋くんのところへお客が来たりは？」

「ないと思います」

と、申し訳なさそうに言う。

「研究棟では特定の研究者と食事時間が被《かぶ》ります。それもあってお互いの動向がよくわかるんです。スケジュールも共有してますし、東京行きの前までは古屋教授に変わったところはありませんでした。久しぶりに旧友や、坂口先生にもお目にかかると嬉《うれ》しそうにしていましたから」

チッ、チッ、チッ、と、坂口の頭で秒針が動く。あれがアポピスならこの大学の研究室で生まれた可能性が高い。だが京都の事例はどうなんだ。彼女もアポピスの感染症だった場合、他の感染ルートを考えなければならなくなるぞ。

「坂口先生。うちにあるサンプルはすぐに用意しますが、できればそちらの大学からも件《くだん》のアメーバのサンプルを頂けませんか？」

二木が言う。

「もちろんです。が、うちのサンプルは採取から時間が経っていたこともあってフレッシュではない。細胞の大部分が壊れています。シストの状態で死亡しているように見えたため、エサとしてヒトの粘膜細胞を与えてみたところ、いくつかが蘇生《そせい》して貪《どん》欲《よく》に捕食を始めました。しかしその後内部から破裂してバラバラになり、直後にそれぞれが再生しました。あれがヒトの体内で起きたとすれば、数日で体が溶けても不思議ではない。バキュロウイルスが虫の体液を多角体に置き換えてしまうように、感染末期では組織自体が置き換わっていたのではと考えます」

ジリジリと焦りを感じて怖くなる。アメーバ感染症はウイルスほどの感染力を持たないが、なんといっても罹患者の最期が壮絶だ。知れば人はパニックに陥るだろう。まもなく梅雨が明け、人々が一斉に水辺に出かける季節になる。古屋が言うように浸水被害が出ない場合も、公園の水場、暑さ対策のミスト、眼球の洗浄や鼻うがい用の水……アメーバはどこにでもいる。それに誰かが感染して体が溶ける。あるいは無症状の病原体保有者が生まれ、アポピスの場合は便からアメーバシストが外に出て感染を広げていくなどということが起きるかもしれない。

「とにかくお互いに協力しましょう。今できることはそれしかない」

「はい。ぜひともお願いします――」

と、二木も頭を下げた。

「――あらゆる情報を共有しましょう。正体を突き止めて、治療薬を試したい」

「同感です。人があんなふうに死んでいいわけないよ……」

坂口は古屋の奥さんのことを考えた。

「古屋くんの奥さんはどうされていますか」

「大学から連絡したときは、すでに教授の不幸を知っておられたようですが」

「死亡についての詳しい経緯やDNA鑑定の結果については?」

「さあ、そこまでは」

「ご自宅は大学の近くでしたか」

なぜですかと二木が訊くので、事情がわかったら連絡すると約束したのだと話した。

「奥さんはご心痛のことでしょう。何もわからず、そのままなんて」

二木も深く頷《うなず》いた。

「正直ぼくもまだ実感がなくて、これは古屋教授が死んだ場合のデモンストレーションなんじゃないのかという気さえします。ただ、それが……人為的に創られたアメーバ・アポピスが、うちの大学から出たというなら」

二木の気持ちはわかりすぎて怖いくらいだ。

突然爆弾が落ちて来たなら、多くの人は恐怖して安全な場所へ避難する。けれど病禍は人々が、安全だ、安心だ、と言っているときにやって来る。古屋はそうした時代に備えようとしていたと学生は言う。復活の象徴アポピスを生み出して災禍後の人類を生き延びさせようとした。けれどもその前に自分が殺されてしまった。

＊＊＊

ホテルから人らしきものが降った事件の三日後。坂口が件の路地で採取した毛髪を大学の特殊研究室で調べていた頃に、同じ現場に居合わせた宅配業者が配送センターで伝票を処理し、不配となった荷物などを整理して仕事を終えた。いつもと何ら変わらぬ一日の終わりだったが、彼は微《かす》かな異変に気持ちが塞《ふさ》ぎ気味だった。

匂いがよくわからない。起き抜けに飲むインスタントコーヒーも、昼食のコンビニ弁当も、泥水をすすって紙を食べているかのようだった。

「タカハシお疲れ」

遅れて戻った同僚がすれ違いざまに声をかけ、

「おい」

と、彼を呼び止めた。

「鼻血出てるぞ」

指先で鼻の下をこする真似をする。

だがタカハシは無言のまま、会釈だけしてセンターの駐車場へ出て行った。

いつもなら軽口のひとつやふたつ返ってくるのに、機嫌が悪いなと同僚は思い、深く追及もせずにそのまま別れた。

タカハシに変化があったとすればその程度だった、と同僚は言うだろう。

その夜は雨が降ったり止んだりしていた。同じトラックが何台も並んだ駐車場では、建物から漏れる光がアスファルトに反射して車の顔をぼんやり照らし、背の高い街灯の明かりに糸のような雨が光っていた。

タカハシは雨が嫌いだった。と言うより水が怖かった。幼い頃に用水路に流されて、抗いがたい水の強さと絶望と、苦しさと恐怖に打ちのめされたことがあるからだ。だからもう、足が届く浅さで底が見えていたとしても、流れる水には近づかないし、まして夜の池や川などは想像するのもイヤだった。

配送センターの建物は端に雨樋《あまどい》があって、そこから水が流れ出ていた。激しい雨ではなかったけれど、巨大な屋根が水を集めて細い樋から噴き出すために、アスファルトに水たまりができていた。スニーカーがそれを踏んだとき、パシャリと小さな音がした。その音はタカハシの脳髄の奥で弾《はじ》けた。パシャリ……一粒の水が起こした波紋のように、それは脳全体に広がって、彼はつぶやく。

「みず……」

水。彼にとってそれは死と直結したイメージであり、最も恐れるものでもあった。そうして彼は次第にそれしか考えられなくなっていた。

怖いのは水だ。水は危険だ。近づいてはいけない。水……水は……。

＊＊＊

坂口が信濃大学を出たのは午後六時を過ぎてのことだ。調べることとやすりあわせることが多すぎて、こんな時間になってしまった。二木は夕食でもと誘ってくれたが、とてもそんな気持ちになれない。古屋の自宅も教えてもらったが、慰めになる言葉をひとつも持たない自分が行って何になる？

取りあえず彼の自宅へ向かいながらも、坂口はまだ迷っていた。

それは大学から徒歩で十分程度の場所にあるマンションで、アポイントメントも取っておらず、奥さんと会えた場合も玄関先でおいとまするつもりであった。できれば留守であってくれ。そうなら義務だけは果たそうとしたと、自分に言い訳できるから。それとも事情がわかったときに長い手紙を書くのがいいか。告別式があるのなら、そのときチャンスが来るかもしれない。

暮れていく松本市内は美しく、遠い山々の後ろが夕陽の色に染まっていた。カラスの群れが街をゆき、どこかで鐘の音がする。

大通りを渡っているとき携帯電話が震え、渡りきってから取り出すと、『海谷さん』と表示があった。

「もしもし？」

――坂口先生。海谷です――

今はどちらに？　と海谷は訊《き》いた。

「まだ松本だ。信濃大学の研究室に行っていてね」

――そうでした。京都のサンプルは手配したので、明日には二階堂さんのところへ届くはずです――

「その頃にはぼくも帰っているよ。今夜中に戻るつもりだからね」

――あまりご無理をなさらずに――

口だけ殊勝なことを言う。

「何か進展があったかね」

訊くと海谷は『はい』と答えた。

――また犠牲者が出ました。高所ではなく、今度は北《きた》の丸《まる》公園で――

「え」

坂口は歩道の端に立ち止まり、携帯電話を耳に押し当てた。

「どういうことかね？」

――所持品などから、死亡したのは宅配ドライバーの男性だったとわかりました。古屋教授が転落したときホテルにいたのが彼です――

心臓がバクンと跳ねた。

「どんな様子で……公園だって？」

――こちらへお戻りになったらすぐに、サンプルの検査を二階堂さんに任せて、警視庁へお越し願えないでしょうか。捜査本部の管理官や署長と話していただきたいです。現場は混乱しまくりで、科捜研の見解などをまとめる人物がいないんです。幸い坂口先生は防衛医大に籍がある。ウイルス騒ぎで実績も……――

またも言いたいことだけまくし立てるので、坂口は海谷を遮った。

「その前に話してくれないか。宅配ドライバーの彼は公園で亡くなったのかね？　公園の木に登るとか？　それとも」

――池です――

頭を抱えようとして、指先が帽子に触れる。

大丈夫、大丈夫ですよ。あなたならできますよ。

亡き妻の声が胸に響いた。

「池に……溺《おぼ》れて？」

――違うんです。あの公園のことはご存じと思いますが、池に溺れるほどの深さはないんです。芝生の反対側が森になっていて、そちら側だと水面は歩道から一メートルほど下がっています。本日午前九時過ぎ、麹町《こうじまち》警察署の九段下《くだんした》交番に通行人が訪れて、同じ男性が昨日からずっと池の中に立っていると——

通行人がさざめきながら行き交っている。信濃大学の学生たちかもしれない。海谷の声を聞きながら坂口は、ドライバーはどうやって感染したのだろうと考えていた。ゲル状の飛沫《ひまつ》を浴びたのか、もしくは車の汚れを介して感染したか。

——通行人は前日の昼過ぎに公園内をショートカットしたとき池の近くを通って、対岸に茂る木々の木陰に腰まで水に浸《つ》かった男性がいるのを見たそうです。そのときは庭の管理をしているのだろうと気にも留めなかったけれど、今朝の通勤時にも同じ場所に突っ立っているのを見たので気になって、営業に出るとき再び池に来てみたら、まだそのままだから様子を見てくれないかと話したそうで——

「うん……それで……？」

——警察官が現場に向かうと、彼は護岸に背中を向けて芝生広場のほうを見ていたそうです。声をかけても応答がなく、また身動きもしないので、一人が池に下りて体に触れたら——

坂口は思わず目を瞑《つぶ》る。

蠟《ろう》で作られた人形が真夏に溶けて崩れるように、その人物は崩壊したのだ。

——あとはご想像通りです。警察官は新手のドッキリかと思ったようで……捜査本部は大騒ぎになっていています。うちの上司が出張っていって、蟬人間の投稿と坂口先生のことを話したようで、私に先生とコンタクトを取ってくれと頼んできました。人がまるごと溶けただなんて普通は理解できませんから、捜査本部の混乱もわかるんです。捜査する側に感染が広がるのも怖い。だから、どうか、力を貸して頂けませんか──

古屋のマンションはもう目の前だが、坂口は踵《きびす》を返して来た道を戻り始めた。

「遺体に触れた警察官、捜査で池に入った人も、すぐに病院でアメーバ感染症の検査をしたほうがいい。薬もある……効くといいのだが……あと、池は水質検査を」

──当該部署がやっています。池の立ち入りも禁止しました──

「それがいい。ぼくも戻るよ、また連絡する」

そうしてください、と海谷は言った。

「海谷さん。ひとつだけ確かめて欲しいことがあるのだが」

──なんでしょう──

「死んだドライバーが水恐怖症でなかったかを知りたいんだよ。前に梢頭《しょうとう》病の話をしたが、このアメーバも記憶回路を利用しているんじゃないかと思うんだ」

──記憶回路ですか──

「詳しい話はあとでする。わかったらすぐに電話が欲しい」

通話を切ってから、また犠牲者が出てしまったと坂口は思った。

犠牲者の話を聞くたびに、妻を喪《うしな》ったときの驚きと絶望を思い出す。早く気付いてやっていたなら、もしもなにかできたなら。亡骸《なきがら》に別れを告げたそのあとに、人はこんなにも唐突に、跡形もなく消え去れるのかと途方に暮れた。そして怒濤《どとう》のごとく押し寄せてくる生前の記憶や、なぜ今ここに彼女がいないのだろうという寂しさや、何より自分の至らなさに生きる意味を見失いそうになった。もし、もしもあのとき、直後にウイルスが奪われなかったら、悲しみを忘れるほど使命感に駆り立てられていなかったなら、自分はどうなっていたことか。

大丈夫、大丈夫ですよ。あなたは立派な研究者だわ。できますよ。

帽子を深く被《かぶ》り直すと、顔を上げて、大股《おおまた》で、坂口は駅へ向かった。

間に合う、まだ間に合うぞ。今ならまだ次の一人を救えるはずだ。

次第に小走りになりながら、二階堂に、そして医療機関や自衛隊で働いている息子たちや娘に電話をかけた。原因不明で特異な症状の患者を見たらアメーバ感染症を疑ってほしいと伝えるためだ。原因が特定されて処置が早ければ早いほど、患者は助かる可能性がある。

奇態でおぞましいアメーバの名はアポピス。おそらくは心ない研究者の悪戯《いたずら》が生み出した。寄生した原始クラミジアに何度も殺され、復活を遂げる。瀕死《ひんし》のアポピスはヒトの細胞に特効薬を求めて貪《むさぼ》り喰《く》いつつ、次の獲物を探しているのだ。

Chapter 5 アポピスの進軍

坂口が松本から長野へ戻る列車に揺られている頃、チャラは愛車のスーパーカブで千代田区神田鍛冶町《ちよだくかんだかじちょう》へ到着していた。坂口のメモをポケットから出して、古屋が泊まっていたホテルを探す。メモには遺体が降ってきた小路《こうじ》の場所が記されており、それはホテルがエントランスを構える通りから奥へと回り込んだ先だった。スーパーカブは小回りが利き、あらゆる意味で便利な乗り物だ。パルルルルルルと好調なエンジン音を響かせて、チャラはホテルの荷捌《にさば》き場へ乗り付けた。

二台分程度の駐車スペースは空っぽで、外灯もすでに消されていたが、通用口の脇に申し訳程度の小窓があって、そこにはまだ明かりがあった。

愛車を降りるとヘルメットを脱いで、チャラはコツコツと小窓を叩《たた》いた。テーブルとサイドボードしかない部屋で年配の警備員が振り返る。ケルベロスより若いが威圧感はなく、好々爺《こうこうや》といった感じの男だ。

「ああ、はい。どうされました？」

小窓を開けながら警備員が覗《のぞ》き込むようにしてチャラに訊《き》く。初めは宿泊客かと思ったようだが、ヘルメットとスーパーカブを見ると怪訝《けげん》そうな顔をした。

「どもコンバンハ。私はチャラです」

チャラは丁寧に頭を下げた。

「お話聞きたい。少しだけいいカ」

相手は答えず、見つめるばかりだ。チャラは身振り手振りを交えて言った。

「十三日ノ土曜日。夕方に人が落ちてキタ。あなたソのとき、ここにいたカ？」

眉間《みけん》に深い縦皺《たてじわ》を刻んで警備員が訊く。

「なんだね」

そしてチャラの背後を窺《うかが》って、スーパーカブに視線を注いだ。

「聞きたいことがあるなら警察へ行って聞いてくれ。迷惑だよ」

「迷惑ナイ。私は迷惑かけに来たのでナイ。そのヒトの体ハ溶けていました。アメーバのせい。そばにいた人危険です。だから探して話をしたい。病院イケと」

「なんだって」

警備員は小窓から頭を引っ込めて警備室を出てきた。

「なんのせいで病院へ行けって？」

「人の体溶かしたはアカントアメーバ。鼻から入って脳を食べる」

「あ？」

チャラは人差し指で自分の頭を突《つつ》いた。

「脳ミソ食ベル。ドロドロ溶ける。怖いよ。上から落ちたヒト全部溶けてた。あなたは見たカそれ？」

警備員は蒼白《そうはく》になって頷《うなず》いた。

「見たよ。田んぼの泥みたいになってたさ」

「触《さわ》タか？　田ンボのドロ。あなたも触タか？」

ブルンブルンと首を振り、警備員は眉《まゆ》をひそめた。

「触るわけねえだろ、気色悪い」

「ソレ正解。あなたハ安心。よかたヨカタ」

「触れば俺もああなったってか」

チャラはグッと警備員に顔を近づけ、周囲を窺う様子で声をひそめた。

「ワカラナイ。なったかも」

「冗談だろおい」

「冗談チガウ。ホントのこと」

「ていうか、あんた何者？」

「私はチャラです。微生物センセの教え子だから、先生の代わりに、土曜日の夕方に、田ンボのドロに触《さわ》タかもしれない人を探しに来ました。その人危険カラ病院にイケと言う。教えてダレカ、知ってるカ？　誰がいて、誰が」

「田んぼの泥に触ったかって？」

警備員は腕組みをして考え始めた。

悲鳴を聞いて外に出たとき、尻餅《しりもち》をついていたのは中年女性だ。ほかに黒い傘を差した男がいたが、立っていたのは離れた場所だ。そっちは警察を呼んでいる間にいなくなり、女性のほうは服がびしょ濡《ぬ》れになって着替えに戻った。

おいおい……その服に、田んぼの泥がついていたってか？

警備員が厭《いや》そうな顔をしたのを見ると、チャラは訊《たず》ねた。

「いたカ？　ダレか」

ホテルの通用口を見ながら警備員は言う。

「一番近くにいたのはツアー会社のおばさんだ。でっけえ悲鳴を上げていた。ホテルの二階に事務所があるから、帰りにここを通りかかって、そこに」

と、地面のグレーチングを指し、

「尻餅をついていた。アレに触ったかどうか知らんが、雨で全身びしょ濡れになって、服を着替えに戻っていったよ。通用口からバックヤードに入れるからな。ってことはなにか？　あのおばさんの尻にソレがくっついていた場合、床にこぼれた可能性があるってことかい？　それに触れば体が溶ける？」

「溶けないヨ」

「あんたさっき、触れば溶けると言ったじゃないか」

「ピッピ」

　とチャラは口を鳴らした。否定の音だ。

「触っただけハ溶けないケド」

アメーバに触れる真似をしてから、その手で自分の目をこする、あるいは鼻をほじるジェスチャーをした。

「粘膜から入ル危険ある。食べても感染しないケド、鼻から感染するの多いヨ。匂いの細胞食ベテ、神経繊維を……」

辿《たど》っていく、という日本語がわからず、チャラは二本指を動かして歩いて行く真似をした。その指を頭に載せて言う。

「脳ミソ食ベル。人は死ヌ。おばさんの会社ドコか、教えてスグニ」


長野駅に着いた坂口が立ち食いそばをすすっていると、今度はチャラが電話をよこした。飲み干そうとしていた汁を諦《あきら》めて、坂口は改札へ向かいながら電話を取った。

「もしもし？」

――チャラだよ、センセ、大変ダカラ――

『大変』は聞き飽きた。叶《かな》うなら朗報を聞きたいものだ。

「どうしたね」

と訊ねると、勇んだ声でチャラは言う。

――別の人、助からなかタ。もう死んダ――

誰のことを言っているのか、胸の辺りが苦しくなりつつ坂口は訊く。

「死んだ？　誰が？」

――助けるためホテルに来たヨ、でも遅かタ――

携帯電話を通してチャラの落胆が伝わってくる。

――アメーバ早いゾ。すぐ人殺す――

チャラはグズッと洟《はな》をすすった。

ああ、そうか。彼はぼくのために泣いているのか。そう思うと坂口は胸に熱さと痛みを感じた。ホテルに行って古屋くんの遺体に触れた可能性がある人物を探してくれと頼んだのは自分だ。その人の命を助けるために。

「誰かわかったのか。やっぱり、あれに触れた人がいたんだね？」

――イタよ、おばさん。ホテルの会社、旅行会社のガイドだよ――

「それは悲鳴を上げていたという目撃者かね」

――モクゲキシャなに、わからないケド、驚いて転んだ人だヨ。会社探して、早く病院イケと思た、ケド死んだって。京都デ、一昨日――

「京都！」

坂口はカバンをギュッと握った。

「チャラくんは今どこにいる」

――ドコてホテルの会社ダヨ。その人の会社――

「そばに誰かいるのかい？」

――いる。シテンチョウ。先生が話して。チャラの日本語ジョウズくないデ、アメーバ怖い、伝わらないヨ――

「そうか、わかった。シテンチョウに替わってくれ。ぼくが話すよ」

ヨカタ、とチャラは言って別の人物と電話を替わった。

――もしもし？――

「ああ……突然すみません。私は微生物学者の坂口といいます。先週の土曜にそちらのホテルの屋上から転落して亡くなった人物の友人です」

彼はいかにも面倒くさげに「はあ」と答えた。

「ホテルに事務所がおありなんですね？　それでガイドさんが小路を通って」

——いったい何のお話でしょうか——

怪訝《けげん》そうな声である。当然だなと坂口は思う。だが、ここからが肝心なのだ。

「亡くなった友人は感染症に罹《かか》っていました。飛び散った体液に病原体が含まれていた可能性があるのです。京都で亡くなったというガイドさんですが、その人はバスに轢《ひ》かれたのではありませんか？」

支店長は押し黙り、しばらくしてから「なぜそれを」と訊ねた。

「聞いておられるかわかりませんが、ご遺体に死んだ友人と似た所見があったと、関係機関から連絡を受けています。つまり、体がとても崩れやすくなっていたと」

——……え——

支店長の声はトーンが変わった。坂口はさらに訊《き》く。

「間違いないでしょうか。その方はバスに轢かれた？」

——そうです……けども……——

と、彼は答えた。

——体が崩れやすくなっていた？　それはどういう——

「罹患者《りかんしゃ》の特徴です。だからこうして電話しています。その人に変わったところはなかったですか？　京都へ仕事で行かれるまでに」

——いつも通りでしたよ。それにこっちはいま、彼女の事故でてんやわんやなんですよ……ツアーのほうは支店から人を回して継続していますけど、それじゃ、なんですか？　同じバスにいたツアー客も感染したって言いたいんですか——

「通常の接触で感染することはないと思います」

——あなたは関係機関の先生ですか？　佐々木《ささき》はいつ頃感染を？——

「友人が落ちた日は豪雨で、だからその女性は友人の体液を浴びた可能性がある。それが目や鼻の粘膜に付着したかもしれない」

——まあ……佐々木は一度退社したあと、びしょ濡れになって戻ってきました。更衣室で制服に着替えて帰宅しましたが——

「濡《ぬ》れた服はどうされました？」

——ビニール袋に入れて持ち帰ったと思います——

坂口は唇を噛《か》んだ。

「そうなら彼女のご家族にも病院で検査を受けるよう伝えなければ。アメーバ感染症の危険があると伝えて検査を」

——なんですか。何の病気か、わかるように話してください。私たちも同じ職場にいますが、病気が感染《うつ》ったかもしれないってことですか——

「さっきも言った通り、空気感染はありません。体液に触れたのでなければ大丈夫です。ただご家族は汚れた着衣に触れたかもしれない。その手で目や鼻をこすれば危険です」

——ちょっと待ってくださいよ。あのね、佐々木は事故で死んだんですよ。バスの前に飛び出したんです——

「つかぬ事をお伺いしますが、彼女がバスや車を怖がっていたというようなことは」

——え？……それはまあ、ガイドですから——

支店長は教えてくれた。

——ガイドが最も恐れて気をつけるのが、大型バスの誘導中に死角に入って轢かれないようにすることです。特に京都は混雑しますし、時間もタイトですからね。他のバスや観光客と事故を起こさないこと、車の誘導に気を取られて塀や電柱と車の間に挟まれないこと、怖がっているというと、ちょっと違う気もしますけど、そこに一番気を遣います。佐々木がバスの前方に飛び出すなんて、普通ならありえないんです。彼女はベテランでしたので——

アポピス。

と、坂口は頭の中で言う。

正体は見極めた。あとは弱点だ。もう殺させないぞ。

＊＊＊

ホテル裏の路地に古屋の体が降った夕方、清掃の仕事に就いたばかりの女性作業員が帰り支度を済ませてバックヤードの通路に出てきた。予報通りに降り出した雨は激しく、路地に面した小さな窓が水の膜となっていて、あまりの凄《すご》さに見惚《みと》れてしまう。

うわあ……やだなあ、こんなに降って。

彼女は病気が怖かった。だから不調を感じるとすぐ医者へ駆け込んできたし、不用意に雨に濡れて風邪をひくのも怖かった。清掃員の仕事を始めたわけも、運動不足が万病の元だと情報番組で観たからだ。

雨は激しく降っている。持ってきた傘は量産品の安物で、せいぜい頭を濡らさずに済む程度。小遣い稼ぎと運動不足解消の一石二鳥を狙って始めた仕事にはやりがいを感じていたが、まさかこんな雨に遭うとは。でもしょうがない。濡れて帰ってお風呂《ふろ》に入り、ハーブティーにショウガと蜂蜜《はちみつ》を入れて風邪の予防をするしかないか。

そんなことを考えていると、奥からホテルスタッフが走って来たので脇へ避《よ》け、頭を下げて彼らを行かせた。こちらには目もくれず、慌てた様子で外へ出て行く。無視されたように感じて傷ついた。

私は仕事をやっている。若い子たちより目配りができているとも思う。ベテランの主婦なんだから、当然よ。モヤついた気分でスタッフと同じ方向へ歩いて行くと、通路に敷かれたカーペットに点々と雨水が染みていた。

カーペットの色は汚れの目立たないダークブラウンで、他の材質に比べて舞い上がる埃《ほこり》を何分の一かに抑えるそうだが、濡れるとけっこう目立ってしまう。やっぱり相当降っているのだ。シミを目で追いながら歩いているとき、赤黒いゼリーのようなものを見た。水跡に鎮座してテラテラと光っている。

「なにこれ」

屈《かが》んで覗《のぞ》き込んだが、よくわからない。強いて言うなら固まりかけた鼻血に似ている。血だろうか。誰かが踏めばカーペットに汚い跡が残るだろう。

そのまま無視してもよかったが、プライドが首をもたげた。若い子なら見ない振りをするかもしれない。でも、私は違う。表裏なく仕事ができる。ポケットをまさぐって、ティッシュペーパーを取り出した。上手に拭《ぬぐ》い取ろうと塊に近づけると、それは触れたとたんにくっついてきた。ティッシュの上でプルプルしている。

え。なんなの？　子供のお菓子か何かだろうか。孫がこんなのを食べていたような気もするけれど。でも、ホテルのバックヤードに子供は来ない。

指先でそっと触れてみた。すぐにペタリと張り付いてきて、ティッシュから指に乗り移ろうとする。彼女は塊をティッシュに包み、汚れた指先をこすり合わせて匂いを嗅《か》いだ。甘い匂いではなくて、なにかこう……ああ、そうだ。むかし祖母の実家で飼っていた蚕のような臭いがした。

なんなのかしら。

考えていると、さっきのホテルスタッフがまた走って戻って来て、今度は立ち止まってこう言った。

「お疲れ様です。ちょっとこっちからは出られなくなったので、エントランスのほうから帰ってください」

よくわからないけど、「はい」と答えた。

「あの、ここになにか落ちていたので、シミにならないように拭《ふ》いておきました」

申告するとスタッフは、興味なげに、

「ありがとう」

と言い、汚れを確認することなく走って消えた。

まあ、その程度よね。

丸めたティッシュをポケットに突っ込んで、彼女は通路を戻って行った。

＊＊＊

午後十時過ぎに東京駅に着き、また電車を乗り換えて、坂口が自宅に戻ったのは深夜零時に近かった。玄関前に娘の車とスーパーカブが停まっていて、家には煌々《こうこう》と明かりが点《つ》いている。

「……あれ」

アポピスのことで頭が一杯だった坂口は、玄関の靴を見て驚いた。家には線香の香りが漂って、最初にチャラが、そして娘の万里子《まりこ》が顔を出す。

「帰たカ先生。マリコ来てるゾ」

「お父さん、大変だったわね」

カバンと帽子を受け取りながら、嫁いだ娘がそう言った。

「何かあったのかね？　いったいどうした」

緊急事態かと思って訊《き》くと、娘はチャラと顔を見合わせ、

「もう……これだから」

と、苦笑した。

「お母さんの一周忌。どうするか相談に来いって言ったのお父さんじゃない」

あ、そうだった。随分前に子供たちに電話して、一度集まって話そうじゃないかと言ったのだ。それぞれが都合のつく日に法要を計画したいからと。

「センセ大忙しダカラ、怒らないでやってクレ」

線香の匂いはそのせいか。子供たちが来て、それぞれ仏壇に挨拶《あいさつ》したのだ。

リビングへと誘《いざな》いながら万里子が、

「お兄ちゃんたちもさっきまでいたのよ。トモもリコも『お祖父《じい》ちゃんに会う』って頑張ってたけど、十時頃に帰ったわ。学校あるしね」

リビングには宴《うたげ》の痕跡《こんせき》があって、いなり寿司《ずし》やポテトサラダにラップがかけられていた。米粉で作ったパイのような菓子はオクサンとルンは二階で眠っているのだろう。甘くて美味《おい》しいので孫たちが食べて喜ぶ顔を見たかった。オクサンとルンのお手製だ。

「どうせごはんも食べてないと思って取っておいたわ。食べるでしょ？　お茶淹《い》れるわね」

テキパキと夜食の準備をする万里子の姿は、若い頃の妻に似ている。

「ああ……悪かったね、そうだよな、父さんがみんなを呼んだのに」

「いいのよ。むしろお父さんらしいわ。みんなもう諦《あきら》めている」

と、キッチンでお湯を沸かしながら万里子は言った。

上着を脱いで坂口は、手を洗うため洗面所へ向かう。一緒についてきたチャラに、

「万里子たちに事情を話してくれたんだね？　ありがとう」

礼を言うと、彼はドヤ顔をして、

「家族ダカラな」

と、頷《うなず》いた。

「今日はチャラくんのおかげで助かった。アポピスが京都に伝播《でんぱ》した理由がわかったからね。感染源はほぼ特定できたと思う。あれからすぐ海谷さんに電話をしたよ。情報はすでに厚生労働省に渡っているから、疫学調査を開始して一次接触者の追跡を急ぐと言っていた。またパニックが起きる前にね」

今頃海谷は眉間《みけん》の縦皺《たてじわ》を深くして、役人たちをせっつきまくっていることだろう。現場の人間が肌で感じる危機感を役職だけの人間と共有するのは難しい。だが、一年前にウイルス騒ぎを経験した今だからこそ、迅速な対応が取られていると思いたい。死亡者の数が膨大でなくとも、喪《うしな》われる一人の価値は変わらない。その一人を守るため、ぼくらは奔走するべきなんだ。

「そうか？　チャラは役に立タか？」

「立ったとも。きみのおかげで多くの人を感染から守れる。あとはアポピスを叩《たた》く手段だ。長野の大学とも連携して既成薬の効果を試すよ」

「アポピスはアメーバの名前カ？」

「友人らが命名したらしい。復活の象徴としてね」

チャラは激しく眉根《まゆね》を寄せて難しい顔をした。

「アポピスは人喰《ひとく》いアメーバダカラ、怪物復活よくないゾ」

「たしかにそうだ」

手を拭いながら坂口は言った。

朝が早いチャラは二階の家族の許《もと》へと戻り、坂口だけが娘の待つリビングへ向かった。妻がいた頃のように手料理の和食が並び、湯気の立つ汁物とお茶がある。立ち食いそばを食べたのに、空腹だったと気がついた。

「やあ……おいしそうだな……」

椅子にかけると万里子も坂口の正面に座り、頰杖《ほおづえ》をついて父親を見た。

「もっと老け込んでいくかと心配したけど、大丈夫そうね」

「そうか？」

と、言いながら、いなり寿司を食べて汁をすすった。

万里子はしばらく無言でいたが、やがて坂口の箸《はし》が止まると、こう訊いた。

「今度はアメーバですって？」

坂口は箸を置き、お茶を飲んでから返事をする。

「発生源は信濃大学でほぼ間違いないと思うんだ。最初の罹《り》患者《かんしゃ》二人がアメーバの研究をしていてね。もちろん創薬のためにだが、そこで事故が起きたと思う。大学院生が最初に感染。同じアメーバに古屋くんも感染……」

そして少し考えた。

「事故が起きたことを言えなかったのかもしれないなあ」

「事故って?」

万里子が怪訝《けげん》な表情で訊く。坂口は頷いた。

「彼らは原始クラミジアと原生生物のマッチングをしていたようだ。学生のほうは技術が未熟で、でも、とても優秀な頭脳をもっていた。ただし彼は偏執的な恐怖症で、それに対するコンプレックスもあったから、ラテックスに穴を開けるような初歩的ミスが起きた場合に申告できなかったのかもしれない。古屋くんはアメーバの危険性も、それに感染したことも知らなかったと思えるんだよ」

「どういうこと?」

「うん……」

坂口はテーブルに身を乗り出して、湯飲み茶碗《ちゃわん》の湯気を眺めた。

「もちろん学生もあれの特性を知らなかったろう。たとえば実験中に針を刺してしまって咄嗟《とっさ》にそれを隠してしまう。そもそも技術に自信がないから、評価が下がらぬよう古屋くんには申告しない……だがその後、実験が進んでアメーバの特性がわかってくると……」

坂口は娘の顔を見た。

「そのときの彼の気持ちはどうだ？　その恐怖と絶望は？」

万里子は首を左右に振った。

「想像を絶するわ。でも研究者なら、すぐに対処法を調べたんじゃないかしら」

「たしかにそうだな。古屋くんにも相談できず、あくまでもミスを隠蔽《いんぺい》しようとした場合……実験を進めて対処法を探すだろうな」

「でも亡くなったんでしょ？」

「そうなんだ」

と、坂口は言ってお茶を啜《すす》った。

――データを膨大に取っているはずなのに活用されていないし、クラウドにデータ自体も残していない――

と、坂口は二木から聞いた。たしかに、徒《いたずら》に行った実験だけでなく、感染を知ったあとのデータもないとおかしい。彼自身が極度の恐怖症だったということからも、感染を知ったら膨大なデータを取ったはず。そして古屋くんの感染を案じたはずだ。

言えばミスが露呈する。言わねば恩師の命に関わる……自分が感染したことよりも、むしろそちらが恐ろしかったことだろう。

けれどデータは残っていない。なぜなんだ？　彼は古屋くんに知られることを恐れたのだろうか。ミスなど誰にもあることなのに、隠蔽を優先したというのだろうか。

「……お父さん？」

万里子に呼ばれて坂口は妄想を振り切った。そして娘が安心できるように話した。

「心配はないよ。実験をしていた研究室は閉鎖して消毒を行っているし、学生たちも検査したからね」

「アメーバ感染症の検査は時間がかかるんじゃなかったっけ」

「そうだが、ウイルスのようには伝播しないよ。抑え込めると思うがね」

「本当に人を溶かしてしまうの？」

残念ながら、頷いた。

「しかも進行が早くて潜伏期間も短いんだよ。今のところ二名の二次感染者を確認していて、死亡者の体液に触れてから発症までが三日ほど。その後一日から数日で死亡したと思われる。罹患者は自分にとって恐怖を感じる場所で動けなくなる。高所恐怖症の古屋くんはホテルの屋上、電磁波過敏症だった大学院生は電波塔。これはおそらく、アメーバ共生バクテリアが感染者の記憶を利用するためだと思う。効率的に次のエサを求めるためのプログラムだね」

「人間はエサなのね――」

顔をしかめて万里子はつぶやく。

「──通常の処置で有効かしら。そこはもうわかっているの？」

「まだこれからだ。明日《あした》大学にサンプルが届く。そうしたら薬が効くか試せるからね」

万里子は立ち上がって、空いた皿を片付け始めた。そして言う。

「お母さんの一周忌だけど……その問題が解決してからのほうがいいと思うわ。お母さんもきっとそう言うはずよ。お父さんの仕事を一番理解して、一番応援していたのはお母さんなんだから」

妻が座っていた椅子に坂口は目をやった。なんとなく、そこで彼女が微笑みながら頷いているような気がしたからだ。

そうですよ。誰かではなく、あなたがやるのよ。

満佐子ならきっとそう言うはずだ。

誰にでもできる仕事じゃないから、あなたがやるの。大丈夫、大丈夫だから。

坂口は妻の椅子へと手を伸ばし、ただの空気を手のひらに握った。

「あ、そうそう。ターにね、そろそろ健診に来てって話したの。タイではどうか知らないけれど、こっちは乳幼児健診というのがあって、ルンも受けられるわよって教えたわ。ママさんだって可能なら外に出て気分転換しないとね。たぶんストレスを抱えていると思うのよ」

「そうか？　そういうものなんだろうな。父さんは気が利かないから、万里子が気にかけてくれるのは助かるよ」

「異国で子育てするって相当よ？　ママ友だっていないんだし、あの人たちはもう家族みたいなものだしね。トモやリコだって、ルンくんを弟と思っているわよ。今日だってべったりしていて、二階で一緒に寝ちゃったのよ。週末にまた来るって言っていたけど、お兄ちゃんも忙しいからどうかしらね。きっとそのうち泊まっていくって言い出すわよ。そのときは私も来るから電話をちょうだい。沙友理義姉《さゆりねえ》さん一人じゃ大変だから」

「この狭い家に子供が三人もいたらどうなるのかな。ルンくんだけでも手一杯なのに」

「なに言ってるの？　この狭い家で私たち三人育ったんじゃないの」

たしかにそうだ。でもその頃は三人とも今よりずっと小さかったと坂口は思い、ルンや孫たちも小さいことに気付いて自分を笑った。

「それに、子供は複数いたほうが楽なのよ。遊ばせて様子を見てればいいんだから」

食器を洗って拭《ふ》き上げて、振り向いて万里子はしみじみ訊《き》いた。

「大丈夫？」

何を心配されているのかわからない。キョトンとすると娘は笑い、

「そうか……じゃ、私も帰るね。旦那《だんな》は泊まっていいと言っていたけど、休みは休み

でやりたいことが色々あるのよ。主婦だから」

エプロンを外してフックに掛けて、リビングのソファに置いてあったバッグを持った。坂口も一緒に外へ出て、そこから娘の車が通りを曲がるまで見送った。

そうか。満佐子を亡くしても、自分にはまだ家族がいたのか。むしろ家族が増えたのか。それぞれ忙しいはずなのに、こうして実家に来てくれる。

研究よりも彼らこそが、自分と妻の人生の一番の功績だったか、と坂口は思った。


翌金曜日はオクサンとルンに見送られ、チャラと一緒に家を出た。チャラは愛車のスーパーカブで、坂口は徒歩で最寄り駅へと向かう。

今日は京都からサンプルが届く。それがツアー会社のガイドだったと知った今、坂口は自分の内側にメラメラと闘争心が湧くのを感じた。被害者を知ると、生きてそこにいた人間を立体的に想像できるからである。

人と微生物は地球の仲間として長く共存し続けているが、バランスを欠いたとき、脅威に変じることがある。温暖化も、科学者の傲慢《ごうまん》も、不可侵の場所に安易に踏み入ることも、そのひとつと言えるだろう。坂口は考える。

古屋くんは何をした？　人を救おうとしていただけだ。

大学院生は何をした？　未知を探究していただけだ。

けれど思い出してしまうのだ。微生物を操作しながら、彼らは神になる夢を見た。

そしてアポピスに反撃された。二人が神に戦いを挑む怪物の名前をアメーバに付けたのは、なんという皮肉だろうか。


久々に晴れ間の覗《のぞ》く朝だった。相も変わらず裏門のケルベロスは姿勢を正し、それぞれの持ち場でキャンパス内に入ろうとする者を待ち構えていた。急ぎ足で向かう坂口をロータリーでヒゲが、守衛室の脇で眉毛が、内部でギョロ目が監視している。

「おはようございます」

守衛室に寄ると、

「おはようございます」

と言いながら、ギョロ目が坂口を見て訊いた。

「また妙な病気が出たようですな――」

「坂口先生も大変だ」

背筋を伸ばして眉毛もつぶやく。

「――人の体が溶けるんですって？」

「誰からそれを」

　驚いて顔を上げると、ギョロ目がぎょろりと見て言った。

「朝の報道番組ですよ。京都で人が死んだんですって？」

　恐れていたことが起きたと思った。古屋の死が報道されなかったので安心できると思いたかったが、京都の事故は多くの人が見ていたろうし、北の丸公園にだって人がいただろう。誰かがそれをネットに上げれば、いつかはこうなるはずだったのだ。

「バスに轢《ひ》かれてね」

　それでもまだ伏せておきたくて、印象操作をした。

「テレビではそうは言ってませんでしたがね」

　すぐさまギョロ目が反論する。

「都内でも死人が出ていたそうじゃないですか？　北の丸公園でしたかね」

と、遠くのロータリーからヒゲも言う。

　忙しすぎてテレビを見る間もなかったが、まさか、やっぱり。

「報道されていたのかね？　どんなふうに？」

　坂口は逆に訊く。ケルベロスは顔を見合わせた。

「わしらが見たのは早朝五時のニュースだよ。六時前だとニュースもきわどくやるからな。同じ内容でも時間が早いほど情報量が多い」

「あれだな。昨今は誰もがスマホを持っていて、撮ったら無節操に垂れ流す。テレビでは公園の池で人が消える瞬間を映していたよ。手品じゃないかと笑って見てたが……ヘニョヘニョと人が崩れるなんてな」

　坂口は眉毛を振り向いた。

「見たのかね？……放映したのか」

「見たよ。向こうが勝手にやってんだから」

「それについてはどんなふうに報道していた？　誰がそんな映像を」

「んん」

　と、眉毛は目をしばたたく。

「先生……じゃ、あれは……」

「頼むよ。どう報道したか教えて欲しい」

　眉毛ではなくギョロ目が言った。

「どうって……そりゃ先生、お粗末で中途半端な内容でしたよ？　事故で亡くなった女性の体が豆腐のようになっていたとか」

「令和の奇病か、って煽《あお》り文句がついてたな。赤い字で」

「北の丸公園の映像なんかはミステリーの扱いでしたがな――」

　ギョロ目はそこで言葉を切ると、ロータリーのヒゲを振り返った。

「――な、そうだったよな？　ミノルちゃん」

ヒゲは無言で片腕を上げた。

「結局よくわからん感じでね」

「局の時間繋《つな》ぎだろうと思っていたが」

ホンモノかね？　と、眉毛が訊いた。

「いや……――」

坂口は顔がこわばる。帽子を持ち上げて頭皮にかいた汗を拭《ぬぐ》った。

「――まさか政府が正式発表したのかと……それは時間的にも無理だろう。まだ何もわかっていないんだからね」

ケヤキ並木がワサワサ揺れる。背中を風が吹き抜けていく。

しばらくすると爺《じい》さんたちは、坂口を案じる素振りでこう訊いた。

「まさかまた、うちが関係しているのかね？」

「違うんだ。そうじゃなくあれは――」

坂口は首を左右に振った。また坂口の研究室で一大事が起きたとあっては、二度とこの大学へ入れてはもらえまい。

「――地球温暖化で溶け始めた永久凍土に何億年も凍結されていたものだと思う。うちではないが、別の大学の研究室で原生生物の細菌感染が起こったんだよ」

「微生物も病気になるのかね？」

病気。そう。まさに病気のアメーバだと坂口は心で言った。今のところは突然変異という名の病気だが、打つ手が遅くて生態が固定してしまえば新たな種になる。アポピスという名の病原性アメーバが誕生してしまうのだ。

「人も原生生物も命のサイクルはそう変わらないんだ。適応できない個は死ぬが、種が死に絶えるわけじゃなく、個で試しながら適応していくものなんだから」

「それは生き物の宿命ですなあ。その原生ナントカですら種の存続のために個の命なぞ惜しまんというのなら……ま、人もある意味同じなのかね。日本国軍人は命を賭《と》して国を守ったわけですからな」

「じゃ、生き残るのか？　人を溶かしちまうヤツが？」

「それはまだわからない。生き残ったら大変だから必死に止めようとしているのだが。たしかにとても大きなくくりで言えば、人も淘汰《とうた》を繰り返しているのかもしれないね。けれど人には自我と意思がある。死を理解できるのも、抗《あらが》おうと立ち向かうのも、人間の素晴らしい特性だとぼくは思うんだ」

ケルベロスの二人は無言で坂口を見ていたが、やがて、

「わしらにも何か協力できることがありますかな」

と、ギョロ目のほうが訊《き》いてきた。

「ならば今日、二階堂くん宛に京都からサンプルが届くことになっているんだが……あと、信濃大からもぼく宛のサンプルが来る」

「なるほど」「わかった」

ギョロ目と眉毛は同時に答え、

「朝一番に持って来いと、電話して業者を脅すかね？」

と、眉毛が訊《たず》ねる。

「いやいや、それには及ばない。こっちも準備があるからね。ただ、荷物が来たら大至急で知らせてほしい」

ギョロ目は軽く頷《うなず》いて胸を張り、

「任せなさい」

と言ってニタリと笑った。


微生物研究棟Dへ入って行くと、二階堂が坂口の研究室の前にいた。廊下を急ぐ坂口に気がつくと、わざわざ駆け寄ってきて一緒に戻りながら言う。

「毛髪のサンプルとデータを信濃大学に送っておきました。あと、実験に参加する学生を集めています。信濃大からもサンプルが来るそうですから、グループで手分けして調べるのがいいと思います。それに先生、ご存じですか？　今朝のニュースで」

「うん。たったいまケルベロスから聞いたよ」

と、坂口は答えた。

「まったく……油断も隙もない時代ですよね。関係者は必死で走り回っているというのに、見たり聞いたりしただけのものを、自分の手柄みたいにすぐ晒《さら》すんだから。海谷さんが知ったら何と言うか」

「怖い顔で怒鳴り散らすだろうな、間違いなく」

研究室の鍵《かぎ》を開けると、中に入って帽子と上着をハンガーに掛けた。

「二階堂くん。それじゃさっそくどう進めるか相談しよう。毛髪のアメーバは生きているかい」

「ほとんどが死にました」

坂口は言葉に詰まった。

それほどに脆《もろ》いアメーバがなぜ人を殺すほど増えるのか。全くわけがわからない。

「乾燥すると死ぬようです。どこかが歪《いびつ》でシストを形成できないんです。でも、とにかく大量ですから集合体の中に生き残るヤツがいる。それが細胞を貪《むさぼ》り食って弾《はじ》け飛び、爆発的に増えていく」

「ならば水中では生き延びる？　アメーバの多くは淡水にいて、三十度前後の水温で増殖するが、同じかね」

「三十度ではダメでした。死にはしませんが活動的にもなりません。三十六度前後が適温のようで、人の体温と同じです」

だから人を狙うのか。あれにとっては人の体内が最も居心地いいのだろう。エサは充分で乗り物にもなり、次のエサへと飛び移れるから。

「シストを作れないとなると……水温が低い場所ではどのくらい生き延びられるかね」

「あくまでも実験の場合ですが、二十度を切る環境で三十時間を生き延びたものはいませんでした」

「アメーバ爆弾が下水に流れ込んでも、注意が必要なのは安全性に鑑《かんが》みて三日程度ということか」

「脆いというか、弱いんですよ。塩分濃度も試しましたが、二十パーセント以上の塩分濃度がある環境ではシストを形成しようとして死ぬようです」

「いいぞ」

坂口は頷いた。あとは体内に入った場合の殲滅《せんめつ》方法だ。

「よくない話も、実はあります」

二階堂は深刻な顔をして言った。

「メトロニダゾールもチニダゾールも効かないんです」

「なんだって」

メトロニダゾールは原虫やバクテリアに作用してDNAを損傷させる薬である。

チニダゾールは原虫に用いられる抗寄生虫薬だ。

「チニダゾールはともかくメトロニダゾールは効いたのでは？」

「ダメでした。アメーバが仮死になる速度のほうが速いんですよ。捕食するとすぐ分解されて、すぐに再生しちゃうんだから」

ショックで一瞬頭が空っぽになった。

アポピスがなんであれ、また死に様がどんなにおぞましくとも、治療薬があるから心配ないという漠然とした確信があった。生サンプルが届いたら効くはずの薬を試し、結果を各所に伝えてから、アメーバとクラミジアの正体を特定しようと呑気《のんき》に思っていたほどだ。既存薬で災禍をすぐに封印できると。

「適応外ですが、フォーラー・ネグレリアに効果があるという尿路感染症の抗菌薬ニトロキソリンも試しましたが、ダメでした」

「死ぬのが早すぎて殺せない……そういうことか」

「ああ。言い得て妙ですね」

二階堂はそう答えたが、表情は硬かった。

「それで、実験に協力してくれるのは大学に事情を話して集めた有志の学生たちです。生態を解明する班、元になったアメーバと単細胞性原核生物を突き止める班、届くサンプルを確認する班、弱点を探る班の四つに分けて、ぼくが情報の突き合わせをします。人体を溶かすメカニズムはそれから調べるとしても、先《ま》ずは叩《たた》き方を見つけないとマズい」

「そうだね。うん。たしかにそうだ」

「あと、ご存じのように早朝のニュースで一瞬だけ、人体溶解事件が報道されました。情報が外に出た以上、坂口先生のところへは各所から連絡が来ることでしょう。前のときもそうだった。今度もきっと」

坂口は今さらのように思い出す。

そういえば、海谷さんから警視庁に来てほしいと言われていたな。だが特効薬がないとわかった以上、公の場で偉い人と話すよりアポピスの弱点を特定するのが先だ。アメーバ感染症の予防については有識者がいくらでもいる。

二階堂と一緒に有志学生の名簿を見ながら、坂口は彼らを適材適所に振り分けた。

＊＊＊

同じ日の午前。

夫と大家を出勤させたオクサンは何ヶ月ぶりかで鏡を覗《のぞ》き、自分の顔を見て、

「ウーィ！」

と叫んだ。育児に翻弄《ほんろう》されている間に眉《まゆ》はボサボサ、髪の毛は伸び放題、口の周りにヒゲのような産毛まで生えていたからだ。

「ヤだ、なにコレヒドい」

片腕に抱えていたルンを歩行器に乗せ、勝手に遠くへ行かないように自分の腰に紐《ひも》で繋《つな》いだ。おしゃぶりを与えて洗面台で、久しぶりに顔の手入れを始めた。

新生児の頃はずっと寝不足で、ようやく一息つけたのはルンが寝返りを打つようになってからだった。だがハイハイが始まると、なんでも口に入れてしまうので気が抜けず、つかまり立ちするようになったら転倒が怖く、やっぱり目を離せなかった。オムツを替えているとき痛がったので何だろうと思ったら、日本人が好きなカツ節パックの細く切り取った上の部分がそのままお尻《しり》から出てきたことさえあったのだ。

慌てて植木鉢もゴミ箱も、子供の手の届くところにある物はほとんど移動し、簞笥《たんす》の引き出しにガードを付けて開かないように工夫した。

片目で子供を、片目で鏡を見ながら、久しぶりにメイクした。丁寧に口紅を塗っているとき、足元でルンが目を丸くして赤い唇を見上げてきた。

「オカサンきれいカ？」

しゃがみ込んで、片言の日本語で我が子に訊《たず》ねた。

息子は手足をバタバタさせて興奮し、伸び上がりながらキャッキャと笑った。

口紅を少しだけ小指に取ると、オクサンはそれを息子の額にポチンと押した。日本人の子供が『お祭り』のときに、同じようにしているのを見たことがある。神様に守ってもらえるおまじないだと、地元のお婆ちゃんが教えてくれた。

切迫流産を乗り越えて無事に生まれた愛《いと》しい息子だ。夫と自分と先生の家族、ご先祖の霊と神様も、この子を守ってくれますように。

＊＊＊

その頃。坂口は講義室から研究室へ移動しようと築山《つきやま》の脇を急いでいた。

「先生！　坂口先生！」

名前を呼ばれて立ち止まると、ケヤキ並木の向こうからヒゲの守衛が梱包材《こんぽうざい》でグルグル巻きになった荷物を抱えて走って来た。さすがの彼も息を切らせていたらしく、一呼吸してから包みを差し出す。

「お待ちかねのものが届きました。すぐ欲しいと言っていましたね」

それは二階堂宛に海谷が手配した生サンプルだった。

「裏門からわざわざ持って来てくれたのかね？　宅配業者は……」

「一刻も早くと言っていたので、私が来るのが早いかと」

坂口は荷物を受け取ると、礼を言う代わりに敬礼をした。ヒゲのほうは見本のような敬礼を返すと、またも走ってロータリーへと戻って行った。

「……まったく……」

お国のために頑張りたまえと、ケルベロスに言われた気がした。

誰にでもできる仕事じゃないから、あなたがやるの。

アポピスがこの大学で生まれたものでなくとも、それをやるのは自分の使命だ。心ある研究者なら誰だって同じように奮い立つ。誰が先でもかまわない。アポピスが魂を喰らう大蛇に変異してしまうより早く、進軍を食い止めなければならないのだ。

＊＊＊

ベビーカーに子供を乗せて、オクサンはルンを出産した病院の小児科へ向かった。

万里子に教えてもらったので調べてみると、乳幼児健診の枠にまだ空きがあり、易々と予約が取れたのだった。同じ年頃の赤ん坊を連れたママたちが待合室にいるのを見て元気づけられ、日本人の保健師の親切な指導に感動し、オクサンはようやく長い引き籠《こ》もりを抜け出せたような気分になった。

夫は子育てに協力的で先生も優しいが、すべてがハッピーでは決してない。志を持って研修生に応募して、はるばる日本へやって来たのに、恋をして妊娠し、大学を辞めて母親になったことには後悔がついて回った。特に日中、子供と二人だけで家にこもっているときなどは、夫のデスクで参考書を開いて涙することもしばしばだった。

私は優秀で頭がよかった。故郷の人々は羨望《せんぼう》の眼差《まなざ》しで日本へ来る私を見送った。家族は私に期待した。私を誇りに思っていた。それなのに、今は子育てしかしていない。社会はどんどん進んで行くのに、自分だけが取り残された。私は何もしていない。誰の役にも立てていない。そう考えると辛《つら》かった。

「いいですねえ。ルンくんの発育は問題ないですよ」

運動機能を確かめて、年配の保健師がニッコリ笑った。そしてオクサンの顔を見て、

「異国で子育て……大変なのに頑張ってますね。すごいです」

手放しでそう褒めた。

「なにか心配事はありますか？　育児を手伝ってくれる人はいますか？」

オクサンは返事ができず、なぜか突然、ポロポロと涙がこぼれた。

それに気付くと保健師はさらに優しい笑顔で言った。

「いいんですよ。わかります。一生懸命頑張っていたんですね。あなたはよくやってます。ルンくんを見たらわかります。泣いていいのよ。泣いたっていいの。誰でも産

んで初めて子供を育てるんだから……子供が一歳ならお母さんも一歳よ」

泣いていいなんて言われるとは思いもしなかった。学業があるのに妊娠して、国へも帰らずここにいて、みんなが自分のダメさ加減を笑っているとばかり思っていた。保健師がくれたティッシュを顔に押し当ててオクサンは泣いた。

悲しかったわけじゃない。自分を恥じたわけでもない、ただ気がついたのだ。

そうか、私はダメじゃなくて、頑張っていた。こんなにも頑張っていたのだと。

＊＊＊

ヒゲが運んでくれたサンプルを、坂口はすぐさま特殊研究室へ運んだ。荷物が来たと連絡しようにも、特殊研究室にいる二階堂とは連絡が取れなかったのだ。守衛室では教員の大まかなスケジュールを把握しているが、今回のようにイレギュラーなことが起きると、個人のスマホはロッカーの中で虚《むな》しく鳴り続けることになる。

「生サンプルが届いたよ。同じ状態かどうか見てみよう」

今日の特殊研究室には二階堂だけでなく学生たちが何人もいる。各々がゴーグルの奥の瞳《ひとみ》を使命感に燃やして、黙々と職務を遂行している。

坂口は二階堂と共にサンプルを開けた。ドライアイス入りの四次容器、空間確保の三次容器、二次容器と、一つ開くたび生サンプルに近づいていく。好奇心には勝てないと見えて次第に学生たちも集まってきた。無言で開封を見守っている。

最後の箱を開けて緩衝材を取り除き、手袋をはめた手で二階堂がハンドクリームのような採取容器を取り出すと、学生たちは、

「おおー……」

と唸《うな》った。人を溶かすアメーバは血の塊のような色をして、半透明なケースの中でフルフルと微《かす》かに動いていた。

アメーバのサイズは小型のもので十から百マイクロメートル、大型では一ミリ以上のものもあるが、個体を肉眼で確認するのは難しい。しかしサンプルは動いていた。

それはまるでアメーバが集合体としての意思を獲得し、宿主を探して一斉に仮足を伸ばしているとでもいうように。

「マズいぞ……変化している」

坂口はその場にいる誰よりも、自分の言葉に震撼《しんかん》していた。

＊＊＊

保健師はずっと優しい笑顔でいてくれて、子供を抱いたりあやしたり、追加のティ

ッシュをくれたりした。泣きたいだけ泣いてしまうとオクサンは心の底からスッキリとして、大きな音を立てて洟《はな》をかみ、そして笑った。

あとは一般的な注意事項を聞かされて、タイ語に翻訳された日本の子育てパンフレットをもらい、ルンを抱いて病院のロビーに出てくると、そこに万里子が立っていた。

片手を挙げて、「ハイ」と笑う。

「ソムジンタ・ラックディーとベンルン・ラックディーが乳幼児健診に来ていると、看護師さんが連絡くれたの。切迫流産でここに入院してたから、みんなあなたが心配なのよ。私、今日はお休みだから、一緒にランチしましょうよ」

「ありがとマリコ」

そう言って、オクサンは万里子に抱きついた。

「ランチ嬉《うれ》しい。ハラヘッタ」

万里子は苦笑する。

「その日本語は間違ってないけど直した方がいい。腹減ったじゃなく、お腹が空《す》いた。美人なのにもったいないよ」

「ハラヘッタおかしいカ？　オナカスイタ」

「そう。『お腹が空いた』。『お腹ペコペコ』でもいいけど」

「いいネ、ペコペコ。私ペコペコ」

ルンが万里子に手を伸ばす。

「おいでルン」

万里子が子供を抱き上げてくれたので、オクサンは折りたたんでいたベビーカーを広げて子供を座らせ、バッグを持って万里子に言った。

「マリコ、私、トイレ行っていいカ？　泣いたデ顔がボロボロよ」

「いいよ、ゆっくり行ってきて。ルンは私が見てるから」

万里子がベビーカーを引き寄せて待合の椅子に座ると、オクサンは子供が後を追わないように後ろを通ってトイレへ向かった。ちょうど午前中の診療が終わる頃で、ロビーは会計を待つ人と、まだ診療を待っている人で混雑していた。

「受付番号058の山田《やまだ》さーん、山田ケイ子さーん、いませんかー」

看護師が患者を探している。病院のいつもの風景だ。

ベビーカーのルンをあやしつつ、いつかは自分もママになるのだろうかと万里子は思った。この無防備で自分勝手で愛《いと》しい存在を授かったとして、死なせず無事に育てることはできるのだろうかと。

「ルン、ママが好き？」

ルンは小さな手を伸ばし、万里子の唇に触れようとした。その手にそっとキスすると、焼きビスケットの匂いがした。

受付近くの大きいトイレが混んでいたので、オクサンは診療室の脇にある小さなトイレに向かった。そちらは採尿などに使うので、あまり混むことがない。

トイレ手前のリノリウムの床に、ポツポツと血痕《けっこん》が垂れていた。これも病院ではよくあることだ。中でスマホの呼び出し音が鳴っていて、入ると洗面台に血を拭《ふ》いたティッシュが残されていた。誰か鼻血を出したのだ。鼻血は仕方がないけれど、ゴミの後始末くらいはしていくべきだ。オクサンは手拭き用のペーパータオルを一枚引き出し、それにティッシュを包んでゴミ箱に捨てた。

スマホの呼び出し音はまだ鳴っている。個室のほうを窺《うかが》うと、三つある個室の真ん中あたりで、床に落ちたスマホが鳴っていた。

「なに？」

落とし物だと思ってスマホを拾い、上下に開いた個室のドアを下の隙間から覗いて見ると、使用中の人がいた。用便中でスマホに手が届かないのだ。

「あなた、オクサン、スマホ拾たヨ、ほら、どうぞ」

下の隙間へ差し出してやったが、相手が受け取る前に電話が切れた。

中の人は手を出さない。動かないし、返事もしない。

「もしもし、アナタ、どうしましたカ」

ノックした。けれどもやはり反応がない。

「ダイジョビ？　アナタ、おーい……どこか悪いのですカ？　医者呼ぶカ？」

屈《かが》んで覗《のぞ》くと足だけが見える。フラットなデッキシューズにくるぶしまでの靴下を穿《は》いている。年配女性のようだった。オクサンはまたノックした。

「気持ち悪いカ。ダイジョビですか」

コツコツ、そのときドアがわずかに開いた。

これは一大事だ。動けないのだ。慌ててドアを引き開けてオクサンは見た。

小柄で丸々とした女性が頬杖《ほおづえ》をついて便座に腰掛け、オクサンを睨《にら》み付けていた。赤黒くなった顔に血管が透けて、こちらを見る目はグレーに濁り、大量の鼻血が顔から首へと流れていた。首も、腕も、手も足も、見えている肌のすべてが赤黒く、皮一枚を透かした下で何かがグニグニうごめいていた。頬杖をついた指が異様に細く、肘《ひじ》の部分がモッタリと膨らんでいるのは重力のせいだ。内部が溶けてゲル状になり、皮一枚でかろうじて形を保っているのだ。

オクサンは声を失い、一瞬だけ思考が停止した。けれども危険を感じて一歩下がったその瞬間、女性の体は崩壊し、飛散した体液が顔面めがけて飛んできた。個室の中は血まみれになり、溶けた体が床に流れて広がっていく。

「うぎゃあーあっ！」

オクサンは凄《すさ》まじい悲鳴を上げた。

その声は万里子の許《もと》へも届いて、振り返る間にルンが泣き出した。立ち上がった万里子は、診療ブースの脇のトイレを出てきたオクサンが、ドアの前で懸命に腕を振り回して叫ぶのを聞いた。

「〇×△×××！」

タイ語が全くわからなくても、非常事態が起きたとわかった。オクサンの顔は血まみれで、『来るな』と両腕を交差させている。父から聞いた病原体の話が脳裏をよぎり、素早くルンを抱き上げて、走りながら万里子は叫んだ。

「ダメよ！　誰も近づかないで！　トイレにも、その女性にも！　私はここのナースです！　近づかないで、離れていなさい」

そして診療室を出てきた病院のスタッフに指示をした。

「すぐに感染症の対応を取ってください。お願いします」

泣き止まないルンの頭を胸に抱えて、万里子はオクサンに言う。

「顔と手を洗うのよ、眼球も。こっちの準備を整えてから、あなたを出して消毒するわ。大丈夫、大丈夫だから」

蒼白《そうはく》になったオクサンの頬に飛び散った血のようなものが、わずかながらうごめいている。父はアメーバと言っていた。通常アメーバは目に見えない。それなのに、血のようなものは動いている。

　万里子は足から全身へ鋭い恐怖が広がっていくのを感じた。オクサンも知っている。何が起きたか知っている。これから自分に何が起きようとしているのかも。

　オクサンは後ずさり、トイレのドアを静かに閉めた。

　ああ、神様！　お父さん！　万里子は祈る。

　院内スタッフが走って行く。別のスタッフが駆けてくる。万里子は状況を説明するために、ルンを抱えてスタッフらの許へと急いだ。

＊＊＊

　病院で人体溶解が起きたと知らせを受けたのは、生サンプルより遅れて信濃大学のサンプルが届いたときだ。またもヒゲが荷物を研究棟まで持ってきて、娘さんが至急電話を欲しがっていると坂口に伝えたのだった。

　部屋を出て、装備を脱いで、ロッカーの携帯電話を出すと、着信履歴に万里子の名前が複数あった。胸騒ぎがして電話をかけて、内科を受診していた女性がトイレで溶けたと知らされた。しかもその場にチャラのオクサンがいたのだと。

「なんてことだ」

　未知の病原体にはいつだって背筋が凍る。思考もないのに病院内で人を殺して、体力のない者や免疫力が低下している者を襲うのだ。そして医者や看護師を罹患《りかん》させ、自分を殺す相手を狙い撃ちにする。

「それでオクサンは？」

　――そこを聞きたいの。眼球と鼻腔《びくう》は消毒したわ。でも……――

「でも、なんだ。万里子、どうした？」

　――私、見たの。溶けた人の血液が、ターの顔面で動いてた。ゆっくりと、スライムみたいに動いていたの。あれはホントにアメーバ？　目に見えるってどういうことなの？――

　ほんのわずか前に坂口もそれを確認した。アポピスはそれ自体が一つの生命体であるかのように、容器の中で動いていたのだ。人の組織のほとんどがアメーバに置き換わっていたということだ。

「オクサンは今どこに」

　――家に連れて帰ってきたわ。入院させても治療法がないし、正体がわからなければどう隔離すればいいかもわからない。院内感染が起きてもマズい。お父さんは、ウイルスのようには感染しないと言ってたわよね――

「そうだ。アメーバを皮膚や粘膜に接触させなければ大丈夫だ。通常の接触では感染しない」

──うん。だけどター本人は怖がってルンと接触しようとしないの。もしも感染《うつ》したらイヤだと言って……人が溶けたエリアはすぐ封鎖して、保健医療局から人が来るのを待っている。亡くなったのは築地《つきじ》の人で、問診票を確認したら清掃の仕事をしていたみたい──

「勤め先は？」

──さあ、そこまでは──

清掃の仕事だって？

確実に追いかけるなら、伝染病はナメクジが這《は》った跡のように形跡を残しているものだ。古屋が溶けたホテルでは目撃したガイドの女性が体液を浴びた。その彼女が建物内に体液を持ち込んで、清掃員が罹患したということはないのだろうか。

さほど感染力のないアメーバだと思っていたのに、状況は変わってきたかもしれない。ヤツは凄まじい速さで変異と進化を遂げているから、シストを形成できるようになってしまえばカビやウイルスのように口から入り、酷《ひど》い苦痛を与えながら人を殺すかもしれない。脳を溶かしていたのは若気の至りで、あれは非効率的だったというように。

――どうしたらいいの、お父さん。どうすればターを救えるの？――

それがわかれば……携帯電話を持たない方の手を拳《こぶし》に握って、坂口は自分の唇に押し当てた。潜伏期間はとても短い。そして発症したら、人としての命は一日程度で終わる。あとはアメーバの乗り物になって死地へ運ばれ溶かされる。そのときにはもう自我がない。行動を操られているだけだ。

「うちだけでなく長野の大学でも、研究者を総動員して弱点を探っている。みんなでアポピスを討とうとしている。だから、オクサンとルンのそばにいてやってくれ」

――オクサンはチャラに電話をしないの。どうせ夜には帰って来るから、そのとき話すと……彼女、頑固よ。夫には頑張ってもらわなきゃって――

「そうか。わかった。そう……そうだな」

オクサンは正しい。未曾有《みぞう》の危機に直面したときやるべきことは、嘆きではなく戦いを諦《あきら》めないことだ。手足を振り回してもがくこと。何人もの研究者が力を合わせてアポピスの弱点を探っている。もう誰一人アメーバのエサにさせてたまるか。

坂口は早々に電話を切った。するとすぐ海谷からも電話があった。

――坂口先生、大変です！　入船《いりふね》総合病院で罹患者が出ました。山田ケイ子さん六十五歳。古屋教授が転落したホテルの清掃員です――

「やっぱりそうか」

坂口が唸《うな》ると、

——知ってたんですか、なぜ——

「その病院で娘がトリアージナースをしていてね、たったいま娘から電話がきたんだ」

と、海谷は言った。

——そういうことだったんですね——

「それで、海谷さん。ぼくは警視庁へは出向けない。アメーバ感染症についてはぼくより詳しい先生がほかにいるから、そちらへ声をかけてほしい」

——来てくれないんですか——

海谷はガッカリしたように言う。

「こっちで適任者を紹介しようか？」

いいえ。と、海谷は言下に答えた。

——公の場で話したい学者先生なら、厚生労働省のほうでお願いできるということでした。坂口先生から話を聞きたいというのは私の個人的な考えです。先生は立場がいつも公平だから——

「ありがたいけど、ぼくにはやるべきことがある。家族が罹患したかもしれないんだよ。その病院で患者に接触したんだ」

——えっ！——

海谷が悲鳴に近い声を出したので、坂口はまた現実を突きつけられる。オクサンを溶かすわけにはいかないのに、時間はあまりに容赦なく進んでいるということを。

「どの先生が注意喚起するのか知らないけれど、アメーバの名前はアポピスだ。もちろん正式名称じゃない。アポピスは最初に脳を溶かすけれども、どうやらそれだけではないとわかってきた。シストを形成するようになれば赤痢アメーバのように口からも感染するかもしれない。生存に適した温度帯が人の体温と一致するんだ。体を溶かせるようになってしまえば無敵だし、分裂して増殖する速度も桁違《けたちが》いに速い。バクテリアとアメーバの双方が互いを利用しようとぶつかり合って、奇怪なバケモノになりつつあるんだ」

──ご家族の誰が感染を？──

「チャラくんの奥さんだ。彼女を死なせるわけにはいかない。これはぼくがやらなきゃならないことだ」

海谷はしばし沈黙し、「わかりました」と、答えて言った。

──私になにかできることはありますか──

いや、けっこうだ、と返答しようとして坂口は、過去の自分が自分に向かって言うのを聞いた。悩め、恥じるな。考えることから逃げてはいけない。今がその時だぞ。

「海谷さん」

――はい――

脳をフル回転させて考える。時間がない中、自分一人にできることは限られる。

「早朝に京都と北の丸公園の二件がニュース報道されたそうだね」

――そうです。上層部がテレビ局に抗議して、その後の報道は控えさせていますが、それを観て不安を感じた視聴者から局に電話がかかっているようで――

「そうか……そうだろうね。不安になるのは尤《もっと》もだ。でも、いい加減な情報を流すのもマズい……わかるよ。だけど事態は急を要する」

――なにを仰《おっしゃ》りたいんです？　言いたいことがあるのなら、ズバッとスッパリ言ってください――

「うん。つまり、きみはネットに詳しかったね」

当たり前でしょと言うように海谷は答えた。

――SSBCですから――

「ぼくが心配しているのは、アポピスの軌跡をまだ確実に追えていないということだ。たとえば今の話のように、罹患者が突然病院で溶けるというようなことが起きるかもしれない。アポピスは脆《もろ》く、次の生き物に乗り移れなければ三十時間程度で死ぬようだ。だから溶解が起きた場合でも二日程度体液に触れなければ感染の確率はグーンと下がる。その間に体液に触れないことが肝要だ」

――つまり？――

「どこかの偉い先生は、どこで対応策を講義してくれるんだろう？　テレビはすぐに放映するかな？　無理なのだろうね」

――速さで言うならネットでしょうね。人は興味のあることをすぐにSNSで検索します。その方が速いから――

「バズるとか言うんだってね」

海谷はしばし沈黙をした。

「アメーバ感染症については知らない人のほうが多いと思う。日頃飲んでいる水道水にもアメーバがいるとか、汲《く》み置きの水で増殖するとかね。それを眼球の洗浄や鼻うがいに用いれば感染リスクを免れないし、温水プールや温泉にだってアメーバは棲《す》んでいる。公園の水場もしかり。今のところアポピスは、シストを形成しようとするとほとんどが死ぬ。アメーバの状態で宿主に取り付かないと生きられないんだ。だが宿主に感染してエサを食べると分裂し、凄《すさ》まじい勢いで増殖できる。だから宿主の体が崩壊する前に次の宿主にたどり着かねばならないわけだ」

――坂口先生――

と、何か思いついたという声で海谷は言った。

――他にわかっていることは？　なんでもいいので――

「うん。感染者は外から見ても大きな変化はないが、アメーバの特性からして初期症状で嗅覚《きゅうかく》に異常が出るはずだ。そして鼻粘膜に炎症が起きる。鼻血は一つの目安になるだろう。だから、もし」

坂口は言葉を切った。オクサンに初期症状が出るシーンを想像してしまったからだ。

「もしもどこかで……トイレや高所や道路の真ん中、線路の上やプールなどで、とにかく動かずにジッとしている人を見かけたら、近づかず、手を触れず、すぐに通報するほうがいい。溶解までの時間は読めない。古屋くんでは数日かかったが、その後の罹患者《りかんしゃ》は徐々に速度が速まっている。あと、これは関係機関に言うべきことだが、行動不能になった人や動物は速やかに隔離しなければならない。いま、一次接触者はどうなっている？」

――感染していないと確認できるまで、他者との接触を控えてもらっています――

「それがいい。溶解は突然起きるようだから」

――アメーバ感染症の予防策としては手指の消毒や手洗いが基本なんですね。最も気をつけるのは専用水以外を洗眼や鼻うがいに使わないこと、みだりに水を吸い込まないこと、罹患者に近づかないこと、体液に触れてしまった場合はその手で目や鼻をこすらないこと……あと、それと……――

「そのへんは専門家が説明してくれるはずだがね」

──それを待っていては遅いと、先生が言ったんじゃないですか──

海谷はサバサバと言う。

──私もそう思います。テレビ局が枠を取ってくれるかどうか今の時点でわかりませんし、こちらがコントロールできることでもないです。でも、ネットなら……注意喚起はすぐできる。専門家の意見とダブったっていいんです──

「なにかいいアイデアが?」

まったく。と、海谷はため息を吐いた。

──させるつもりで私を煽《あお》ったんじゃないんですか? 天然なのか狡猾《こうかつ》なのか、先生はホントに面白い人だわ。警視庁には公式アカウントというのがあって、国民の命と生活を守るという使命のもとに情報を発信しているんです──

「だから?」

──それを乗っ取ってアメーバ感染症危険回避の情報を発信するの。そうすれば、新たな感染者を防げるかもしれない──

「ハッキングするのかね? そんなことをすれば」

──私をクビにする理由を上司に与えることになります──

そう言って笑うので、坂口は訊《たず》ねた。

「マズくないかね」

――へっちゃらよ。一般人を守らずに警察官を名乗るほど、私は面の皮が厚くないので――

そして改めてこう言った。

――注意喚起は任せてください。でも先生、クソアメーバは任せましたよ――

特殊研究室から学生が一人飛び出して来て、

「坂口先生、来てください！」

と、叫んだ。

坂口は通話を切ると携帯をロッカーに放り込み、またも特殊装備に身を包んでから、特殊研究室へ取って返した。滅菌室を通って部屋に入ると、一箇所に集まった学生たちの真ん中に二階堂が立ってこちらを見ていた。

「信濃大学から連絡が来ました。アポピスの分離に成功して、無感染のアメーバがわかったそうです。やはりフォーラー・ネグレリアでした」

「ほぼフォーラー・ネグレリアの新種だそうです」

と、学生が補足する。全員白一色でゴーグルもマスクも装着しているため、背の高い二階堂と体重オーバーな二回生以外は誰が誰だかわからない。

「富士山頂で凍っていたヤツでした」

その二回生が続けて言うと、

「それに原始クラミジアが感染したんです。同じDNAを持つクラミジアは、ヤマル半島のクレーターから採取した土壌に含まれていたそうで、その研究室ではクラミジアもアメーバも同じデスクで扱っていたんです」

女性の声が先を続けた。二階堂が言う。

「情報を聞いて信濃大に提供してもらったサンプルを調べたら、富士山頂から採取した試料の中にアポピスらしきアメーバが含まれていたんです。これを見てください」

CRTモニターに、古屋の髪に付着していたのと同様の『病んだアメーバ』が映し出された。

「そうだ！　これだ！」

と、坂口は叫んだ。間違いない、これだ。つまりアポピスは古屋の研究室で生まれたものだ。どこかに存在していたわけではなくて、神なる彼らが生み出したのだ。発生源を特定したぞ。全身を装備に包まれていなかったら、二階堂と抱き合いたいくらいだった。一方でその異様さを初めて見た学生たちは、怖《お》じ気づくより熱量を纏《まと》ってアポピスに注目している。彼らもすでに立派な探究者だ。

「これがアポピスだよ、やったな二階堂くん」

坂口は二階堂も高揚していると思って顔を見たが、どうやらそうでもないようだった。ゴーグルの奥にあったのは彼の深刻な眼差《まなざ》しだった。

「正体がわかったのでミルテホシンを使ってみましたが、効きません」

そして予想外のことを告げてきた。

「ネグレリア治療に有効な三つの分子標的は？」

「試していますが分解速度が速すぎて、オリジナルに効くまでに分裂してしまうんです。すると生き残る個体が出てきて間に合わない——」

二階堂は苦しげに眉《まゆ》をひそめた。

「——元のネグレリアには効きますが、アポピスには効きません」

どうすればいいんだ、と、坂口は叫びたくなった。

「ダイジョビ。センセ。なんとかなるヨ」

そのときだった。毎日聞いているヘンテコな日本語を、真っ白な一人が口にした。

声がした方を振り向いて、ゴーグルの奥の瞳《ひとみ》を覗《のぞ》く。浅黒い肌に黒々と澄んだ瞳。

「チャラくん」

と、坂口は息を呑《の》む。

「どうしてここに」

「ドシテって、チャラもここの研修生ヨ。お手伝いに立候補したネ」

「緊張が続くと事故が起きるので、午後は学生を入れ替えたんです」

二階堂がサラリと答えた。

坂口は、自分の表情が絶望を物語っていないだろうかと考えて背筋が冷えた。きみの奥さんが感染者と接触したと、いま言うべきか、そうではないのか。夫には帰ってから伝えればいいと言ったオクサンの気持ちはどうなのか。

ゴクンとツバを飲み込んで、坂口はチャラのそばへ行く。そして耳元に口を近づけ、小さな声で囁《ささや》いた。

その結果、チャラはすぐさま研究室を飛び出して行った。

「どうしたんですか」

と、二階堂が訊《き》く。

「彼の奥さんが今日、病院で、感染者と接触したんだ」

沈黙がさざ波のように通り過ぎ、そして誰かがこう言った。

「……え」

学生たちに坂口は言う。

「チャラくんの奥さんは、彼には伝えず研究を進めて欲しいと願っていたがね、研究を進めることは我々にできるが、奥さんを支えられるのはチャラくんしかいない。それはわかるね？　いいかい？　ぼくらは彼女を死なせない。何が何でもアポピスの弱点を見つけるんだ」

白い人たちは頷《うなず》いた。そして坂口と二階堂の指示に従って、無言でそれぞれの仕事を始めた。

「生き物は不死身ではない。命を持たないウィルスでさえ我々は殲滅《せんめつ》できるんだから。悩んでくれ。悩んで、悩んで、諦《あきら》めずに突破口を見つけてくれ」

彼らの背後を見回りながら、坂口は一人一人に語りかけた。

人の傲慢《ごうまん》と過ちが不死身の怪物を生んだとしても、微生物と長く共生し、利用してきた人類が滅びる種になるはずはない。アキレスの踵《かかと》やサムソンの髪のように、アポピスにもきっと弱点がある。チャラを独りで行かせた以上、それを見つけるまでは大学を出ないと、坂口は心に決めた。

Chapter 6 大蛇を刺す杖《つえ》

日付が変わって土曜日の朝。

大学の自分の研究室で、坂口は眠気覚ましのコーヒーを飲んでいた。今日、明日と学生たちは休みだが、彼らは今朝も研究室に来ると言う。坂口も二階堂も頭を休めるためにシャワーを浴びて、早朝のニュースを確認していた。

【人体を溶かす未知の感染症・国内で感染者を複数確認】

厚生労働省が発表を決めたようで、休日の朝のニュースにそぐわない電子顕微鏡写真が画面一杯に映されている。

アナウンサーが経緯を説明したあとで、寄生虫学者として紹介された人物が、アメーバは昔からどこにでもいたのだと話し始めた。

――アメーバについては処理剤や消毒剤を使っていれば安心だとも言いきれない。処理の方法によっては生き残ってしまう可能性があるからです――

そして近年に起きた感染症の例を紹介した。

病原体は風呂《ふろ》の残り湯や温泉水、室外機の排水にも潜んでいる。脳や体を溶かされた例は希《まれ》だとしても、アメーバ赤痢を知る人は多いだろうと。

ニュースを観ている二階堂のアイパッドは画面が小さく、老眼の坂口にはキャプションの文字が読めないが、コメントの声はよく聞こえる。

「警視庁のアカウントが感染症への注意喚起をしてますよ？　すごいな。今回は神対応でしたね。もの凄《すご》い勢いで表示回数が伸びています」

スマホを見ながら二階堂が言うので、

「海谷さんだよ」

と、教えてやった。

「ハッキングして流すと言っていた」

「えええっ」

二階堂は本気で驚き、しばらくしてから、

「……やるなあ」

とつぶやいて頭を掻《か》いた。

こうなる前に救いたかった、それが本当にやりたいことよ。

海谷はそれをやったのだ。立場は違えど、志には全面的に賛成だ。

午前六時半になるのを待って万里子のスマホに電話をかけると、バックに同じテレビ番組の音がしていた。

「万里子か？　おはよう。いま家か？」

――私じゃなくてお父さんの家ね。思い切って休みを取ったの。昨日からこっちに泊まっているわ。今はみんなの朝食を――

「病院を休んだのか」

――当然でしょ。ルンがまだ小さいのに色々無理よ。旦那《だんな》には事情を話して理解してもらった。私の感染を心配してたけど、アメーバはウイルスじゃないしね――

「オクサンの様子はどうだ」

――それが……痛々しいほどしっかりしてるわ。接触感染はしないと言っても、ルンとは距離を取ってるの。その分チャラがよくやっている。私……お父さんにはああ言ったけど、チャラに伝えてもらって正解だった。もしも私がターだったら、きっと一人では耐えられない。チャラが突然帰ってきて、手を握り合って泣いてたわ。陰性とわかるまでは怖いでしょうに――

そして「陰性だといいけど」と、つぶやいた。

――そっちはどうなの？　何かわかった？――

「正体はわかったよ。だが変異していて既存薬がまったく効かない。感染を封じ込めることはできると思うが、感染者を救う方法が見つからないんだ」

――ターのほかにも感染者はいるの？――

「わからない。厚生労働省が追跡してくれているがね」

――食い止めないと大変よ。これから気温が上がるんだから――

「いち早く警視庁がＳＮＳで注意喚起を始めてね。上手《うま》くバズってくれるといいが」

アポピスは三十度以下では活性化しない。だが夏の気温は上がり続けて、アポピスの好きな三十六度に迫る日もある。適温の水場で生き残り、好物の人間を待ち構え、恐らく子供たちが最初の餌食《えじき》となるだろう。トモやリコやルンのような子供たちが。

そのとき万里子が、「あっ」と漏らした。

「どうした？」

――チャラが二階で叫んでる――

アイパッドを見ていた二階堂が顔を上げ、心配そうに坂口を見た。

携帯電話の向こうでドタバタと階段を駆け上がる音がして、「どうしたの」と万里子が訊いた。

――大変！　オクサン、ちょと熱アルよ！――

チャラが答える。

続いて万里子が電話で言った。

――発熱してるわ。え？……お父さん、ターは匂いがわからないって――

坂口は片方の手で両目を覆った。

「どうしました」

二階堂が立ち上がってそばに来る。

「チャラくんの奥さんが発症したかもしれない」

――あっち行ケ、ルンは来ちゃダメ！　ママ病気カラ、来ちゃダメだってテ――

そして大声で泣くのが聞こえた。赤ん坊も泣いている。

――どうしよう。どうしたらいい？　お父さん――

絶望が胸を突き上げて、恐怖で指が震えそうになる。悩め、そして考えろ。

万里子たちを怖がらせないため、可能な限り冷静に聞こえる声で、坂口は言った。

「今は対症療法しかない。解熱剤と眠剤を与えて眠らせて、可能な限り体温を下げるんだ。チャラくんはそこに？」

――ここにいる。替わるわね――

――チャラだよ、センセ、そっちはどうカ――

「みんな寝ないで頑張っている……でも、まだ弱点が見つからないんだ」

ソウカ。と、チャラも冷静に答え、そして、

――どうする……ここ……ビニール敷くか……――

と、とても小さな声で訊《たず》ねた。

「やめてくれ。こっちは誰も諦めていないぞ。なのにチャラくんが諦めたら、オクサンはどうする。アポピスなんかに屈するな。あんな病気のアメーバなんかに」

ハッとした。

そうだ、病気のアメーバ……アポピスは、たかが病気のアメーバじゃないか。

「チャラくん！　すぐ折り返す。オクサンの入院の支度をして待っていてくれ。いいかね？　すぐ折り返すから」

そして万里子にも替わらず電話を切った。

「二階堂くん！」

背の高い二階堂の顔を見上げて、その両腕をガシッとつかむ。坂口は言う。

「ケルベロスが言ったんだ。微生物も病気になるのかと。アポピスの話をしたときだよ。あれは病気のアメーバだな。クラミジアに感染している」

いいかい？　と言いながら、チラシの裏にフォーラー・ネグレリアの絵を描いた。

「クラミジアは寄生細菌だ。エネルギーの大半を宿主細胞に依存して生きている。細胞内でしか増殖できず、宿主細胞を崩壊させて次の細胞に感染していく。これが――」

と、核の部分をペン先で突《つつ》いた。

「――エサを摂取した直後に起きる。アメーバは粉砕されるが生き残ったほんの一握りが恐ろしい速度で復活するんだ。今はそれを繰り返している。粉々に粉砕されてしまうのも、システトに移行できないのも、アポピスが病気だからだ。正常機能が欠けているんだ」

二階堂は真剣な顔で、

「だから？」

と、訊《き》いた。坂口は二階堂の腕を引っ張ってテーブルの椅子にかけさせた。同時に自分も床にしゃがんで、彼をジッと見上げて言った。

「ならば病気を治してやろう、治すんだ」

「え」

「アポピスの脅威は死ぬことだ。粉砕されると増殖していく。だからアポピスを不死身にするんだ。死なせない」

「何を言われているのかぼくにはちょっと……」

「神よ……そう呼ばれたウイルスがここにはあるね。罹患者《りかんしゃ》をゾンビに変えて死なせない……」

二階堂はあからさまに顔色を変えた。そして海谷より深い縦皺《たてじわ》を眉間《みけん》に刻んで、

「……まさか――」

と、言った。

「――まさかKSウイルスのことを言っているんじゃないでしょうね」

「その『まさか』だよ」

坂口は目を逸《そ》らさずに頷《うなず》いた。

KSウイルスは、奇跡の指を持つと言われた遺伝子工学の研究者がゲノムを乗せ換えることで創り出した。狂犬病ウイルスとインフルエンザウイルスのハイブリッドで、空気感染する。

ゾンビ・ウイルスと揶揄《やゆ》されるのは、罹患すると仮死状態になったあとで覚醒《かくせい》し、だれかれ構わず襲いかかって貪《むさぼ》り食うことに由来する。食べるものがなくなれば自身の体さえも喰《く》い、切り離されたそれぞれの部位は、それからしばらく生き続けるのだ。実験に使われたマウスは互いに殺し合ったあと、首だけになっても歯を剝《む》き出すのをやめなかった。おぞましさゆえ一度は処分しようとしたそのウイルスと生ワクチンが、今も大学の保管庫にある。

「アポピスに、今度はウイルスを感染させる?」

「エネルギーの大半を宿主細胞に依存して生きているわけだから、罹患者が感染すればアポピスも感染する。寄生細菌のクラミジアはウイルスよりも大きくて細胞壁を持っているからね。KSウイルスを創った如月《きさらぎ》先生の真の目的は、再生医療への応用だった。だから……」

「感染すればアポピスは不死身になってクラミジアに粉砕されない。粉砕されなければば増殖しない……そういうことですね」

「増殖が止まれば既存の薬品が使えるはずだ。アメーバを叩《たた》けるぞ」

「でもあれは……」

「たしかに恐ろしいウイルスだ。外に漏れればアポピスの比ではない数の人が死ぬ。けれど幸いアポピスの罹患者は少ない。そしてここは防衛医大だ。生物兵器に対する最前線の技術を持っている。生ワクチンもある。対特殊武器衛生隊の衛生検査ユニットも、陰圧ユニットも、ぼくらが開発に協力して生み出した」

「たしかに、今も新型ユニットの研究が進んでいますよね」

「モデル機があるよな？　開発中のモデル機が」

「旧型と並んで機密棟にあるはずですが」

それを使おう。と、坂口は言った。

「大学が了承してくれますかね？」

坂口はニヤリと笑った。

「学長の大学時代に教官をやっていたのがケルベロスだと聞いているよ。もしもの場合は爺《じい》さんたちに一肌脱いでもらえばいいさ。協力できることがあれば言って欲しいと言われたんだし」

二階堂はポカンと口を開け、それからコクンと頷いた。坂口はなおも言う。

「二階堂くん……ウイルスはただのプログラムで悪意なんか持たない。それをどう用いるかは人間次第なんだよ。KSウイルスを用いてみよう」

「……病気を治療する。人も、アメーバも……いいですね」

二階堂は緊張の面持ちで蒼白《そうはく》になりながらも、とうとう大きく頷いた。

「でも、休日で学長はいませんよ」

「ぼくが電話してみるよ」

「それで許可が下りなかったら？」

坂口は清々《すがすが》しい顔で笑った。

「勝手に使う。なに、開発者はぼくなんだから、使い方は心得ている」

「……そんなことをして」

「戦場に行けば常に様々な危機と直面するものだ。そのときに建前と本音の使い分けなんかしていると隊の命を失うよ。だからぼくらは訓練を受ける。大隊が全滅する危機を小隊が救うのに、遠慮なんかしなくていいんだ。責任はぼくがとる。学長は立場があるからあれだがね、少なくともケルベロスは理解してくれるはずだと思う。急ごう、時間はないぞ」

それからわずか一時間後。ケルベロスがいる裏門に万里子が車で乗り付けてきた。助手席のチャイルドシートでルンが上機嫌にビスケットを舐《な》め回し、チャラとオクサンは後部席から降りてきた。オクサンの荷物を眉毛が受け取り、

「利口そうな息子だ」

と、チャラに言う。最愛の息子を褒められたのにチャラは引きつった顔のまま、唇を真一文字に結んで頷くだけだ。眉毛はその肩を優しく叩き、

「急ぎなさい」

と、二人に言った。

子供が後を追うのでオクサンは車の背後に回り込み、ルンの後頭部と、もちもちとした手足を見つめた。無言で合掌して運転席の万里子に頭を下げる。

「大丈夫だからお父さんを信じて」

万里子はチャラ夫婦にそう言って、静かに車を発進させた。長男の家では兄嫁と二人の子供がルンを待っている。ママとパパがいない間はトモとリコがルンを見てくれると言うのだ。

「さあ、こっちです」

車が見えなくなってしまうと、チャラとオクサンはヒゲの案内で構内へ進入した。今日は裏門の門扉が開いておらず、外出する学生たちは小さな出入り口から外に出る。

外出が許されているのは午前八時から午後十一時二十分までだから、学生たちが動き出す前に、ヒゲは二人を秘密の場所へと連れて行く。

広大な敷地に様々な施設を持つこの大学は、泥臭くて地味な建物内部に最新鋭の設備を有し、関係者ですら『外側しか知らない』という建物が複数棟存在している。

ヒゲはその中の一つに二人を誘《いざな》い、

「早く」

人一人がようやく入れる程度に扉を開けた。建物は巨大で、格納庫のように見え、ガルバリウム鋼板で覆われた壁面に扉だけがついている。チャラとオクサンが内部に消えると、ヒゲはすぐさま扉を閉じて裏門へ帰った。

一方チャラたちは、倉庫の通路さながらの内部に坂口の姿を見て安堵《あんど》した。

「よく来たね」

と坂口は言い、二人を連れて奥へと進む。鉄板で塞《ふさ》がれたような天井と濃い藍色《あいいろ》の壁の通路が続き、途切れた先にはいきなり大空間が口を開けていた。

「ここナニ、スゲえ」

通路の先は中空に浮かぶギャラリーで、上にも下にも空間がある。まるで飛行場の整備エリアだ。棟は三階建て程度の高さだが、地下二階分が掘り下げられて、大空間に大型の車やテントや資材、それらを移動させるエレベーター、箱型の研究室や大小様々な機材が置かれている。

「うちの大学の頭脳部だよ」

ボソリとそう言ってから、坂口は若い二人に向き合った。

「嗅覚異常《きゆうかく》と発熱。間違いないね？」

深刻な顔でオクサンが頷く。

「すぐに水デ洗ったけど、ここ」

と、あかんべえするように下まぶたを下げ、

「ここに血ガ飛んで来たのヨ。怖かタ」

うむ。と、坂口は頷いた。

「アポピスは人喰《ひとく》いアメーバだ。活動も早い。いいかね？　たぶん鼻にも侵入している。どんどん変異し続けているんだ。特効薬はまだ見つからない。だが一つだけ、有効かもしれない方法がある」

「なんでもいいから、やってクレ」

と、チャラは言ったが、

「ゾンビ・ウイルスを知ってるね？」

坂口が訊《たず》ねると顔色を変えた。

「オクサンがセパク流産してたときのアレか、怖いヤツ」

「そうだ。人喰いアメーバは人の細胞から栄養を得ている。全身を溶かすから、ウィルスは必ずアメーバの細胞内に入る」

坂口が何をしようとしているのかに気がついて、チャラは叫んだ。

「それはダメ、オクサンゾンビになるヨ！」

「そうはならない。生ワクチンがある。仮死状態にはなるかもしれんがゾンビにはならない」

「だめ、怖い、ゾンビになるヨ」

「アポピスは死ぬから増殖するんだよ。だからウィルスを使って不死身にする。そうすれば、通常のアメーバ感染症の薬が効くんだ。あれはシストを作れないから効果もすぐ出るはずだ」

「それでオクサン死なないカ？」

坂口にすがってチャラが訊《き》く。一瞬だけ坂口は目を閉じた。

「わからない。いま話したのはあくまで仮定の、しかも最善の場合の想定でしかない」

「……ヤだよ」

一本眉毛をハの字に曲げて、チャラはハラハラと涙を流した。

「ヤじゃない。イイよ」

だがオクサンはそう言った。

「病院で溶けた人、怖かたネ。あんな死に方したくない」

「ゾンビなる、そっちはイイのか」

「いくナイ」

と、オクサンは夫に言った。

「どっちもいくナイ。けど他にない。このままだとターは死ぬ。先生は助かるカモと言っている。なら試す。ナニ悪い？　戦わないで死んでたまるカ！」

そして、

「しっかりシロ！　パパ」

と、チャラの頬を軽く叩《たた》いた。

チャラは歯を食いしばって涙を拭《ぬぐ》い、オクサンを強く抱いてから坂口を見た。

「キスしてイイカ？　感染するか？」

坂口は首をすくめたが、チャラはかまわずに熱いキスをした。

そして二人はこう言った。

「やって、センセ。お願いします」

階下で二階堂が手を振った。準備ができたと言っているのだ。

坂口は二人を連れて地階に降りると、かまぼこ形のテントへ誘った。入口脇に置かれたテーブルで白衣の男が立ち上がる。

「来たね。先に血液を採らせてもらうよ」

チャラは叫んだ。

「一紀《かずき》ジャないカ！　こんなとこで、何やテルか！」

「こんなとことは酷《ひど》いなあ。一応ぼくはここの大学病院の医師だしね。電話で親父に呼ばれたんだよ。オクサンの一大事だからと」

オクサンを椅子に座らせて、皮膚を消毒しながら彼は言う。

坂口一紀は坂口の長男で、帝国防衛医大附属病院の外科医である。採血は二階堂が受け取って、すぐに顕微鏡で確認をした。顔を上げ、坂口を見て首を振る。

「縮れて死んだシストがあります。感染している」

わかっていたことだが、それを聞くとオクサンは震え始めた。

細い体をチャラが抱き、

「ダイジョビだから」

と妻を励ます。

「これから新開発のトランジットアイソレータに入ってもらうよ。新型では使える検査機器が増えているし、従来のものよりずっと治療がしやすいからね、安心して」

そしてオクサンをチャラから引き離した。不安そうに振り返りながら、オクサンは

一紀に連れられていく。坂口は残されたチャラの肩に手を置くと、

「彼女は誰よりも勇敢だな」

と、ささやいた。

「ルンを産んだらツオクなたヨ。昔ハもと可愛いカタね」

もう涙を拭うこともなく、チャラは両手を拳《こぶし》に握った。


特殊トランジットアイソレータはウイルス兵器など生物剤に感染した患者に用いる移動可能な医療機器である。透明プラスチックの棺桶《かんおけ》のような見た目だが、生物剤を漏らすことなく、しかも感染者を治療しながら運搬できる。そこにオクサンを入れてKSウイルスに感染させ、アポピスを叩いてからワクチンを打って救うというのが、坂口と二階堂の立てた作戦だ。

ウイルス感染した罹患者《りかんしゃ》に直接触れることはできないので、処置は箱の外から行う。箱にくっつけた長手袋さながらのアクセスグローブを用いた医療行為には限度があるし、アイソレータの使用時間も限られているが、KSウイルスの特異性を考慮するとこれが最も二次感染を防げる方法だろう。さっき二階堂が手を振っていたのも、必要なものがアイソレータ内に準備できたという合図だ。

万が一のことを考えて、必要最小限のメンバーだけを集めた。

「外で待つかね？」

坂口はチャラに訊いたが、首を左右に振るので防護服の着用を勧めた。万が一にもチャラが感染した場合、ルンは異国でひとりぼっちになってしまう。

治療しやすいよう病衣に着替えたオクサンが透明な箱に横たわる。

学長はつかまらず、設備の使用許可も取ることができず、けれども事態は逼迫《ひっぱく》して、坂口は強硬手段に打って出た。これは人体実験だ。被験者にウイルスを感染させようというのだから、彼女が死ねば殺人罪に問われるだろう。

メンバーは坂口と長男の一紀、二階堂とチャラの四人だけ。有志の学生たちには事情を話して、今日の作業を中止した。

アイソレータの透明な蓋《ふた》を閉めるとき、

「白雪姫《しらゆきひめ》みたい」

と、オクサンは微笑んだ。

蓋が閉まればその後の会話はマイクを通してしかできない。チャラとオクサンはケース越しに手を重ね、そしてオクサンは震えながらも覚悟したように目を閉じた。

一紀が計器のスイッチを入れると、彼女の数値が表示され始める。

ウイルスの注入は二階堂が買って出た。

アクセスグローブに腕を通すと、二階堂は天井を見上げて深呼吸し、庫内に準備しておいたクライオチューブから凶悪な殺人ウイルスを内部に放った。

蜂の遺伝子を研究している学者がむかし、興味深いこととして坂口に話してくれたのが、死ぬことで生きるミツバチの生存戦略だった。

ウイルスを放った後もオクサンは目を閉じたままで変化はないが、その体内ではミクロの戦いが始まっている。戦いを見たいなら電子顕微鏡という目を通すほかはない。そんなことを考えていたら坂口は、唐突にミツバチの話を思い出したのだ。

ミツバチは巣の働き蜂が二万匹を超えると、女王蜂が群れの半分を連れて巣を離れる。女王蜂が去った巣では新しい女王が生まれるが、女王候補が複数育ってしまった場合は最初に羽化した女王が妹たちを殺すのだという。殺害される妹は、『ここにいるよ』と姉を呼ぶ。

殺されるために呼ぶんですから、驚くでしょう？　と、学者は笑った。

――『個』ではなく『種』なんですなあ。妹はなぜ自分を殺せと姉に言うのか、それは女王蜂が複数生まれてしまうと群れが存続できないからでね、だってそうでしょう？　二万匹の巣から女王が巣立ち、巣には一万匹の働き蜂しかいないんですから。そこに女王が複数生まれてごらんなさい。巣が全滅してしまいます。

蜂は人より賢いですよ。戦争なんか起こさずに、個よりも種の存続を優先して群れを残すわけです。人間よりずっと長い目で、命のサイクルを見ているんです。

オス蜂だって使命のために死にますよ？　婚姻もまさに存続の儀式で、同時期にだけオスが生まれて、周囲の巣から一斉に飛び立って、まあ、空中で女王蜂たちとお見合いパーティーをするわけですよ。交尾したオスは腹が裂け、その場で落ちて死にますが、女王蜂だって楽じゃない。このときの精子を体内に蓄えて、その後三年間も卵を産み続けるんです。働き蜂の寿命がひと月ですから、人間にたとえたら、まあ、平均寿命を八十歳としても、二千八百年以上も生き続けて卵を産むわけですな。

壮絶でしょう？——

オクサンの中の戦いを、坂口は蜂になぞらえる。

人の細胞内でアメーバと細菌とウイルスが互いを蝕《むしば》む。ミツバチ同様微生物には感情がなく、種の存続のためだけに戦っている。

アイソレータの前に立つ坂口とチャラの背後では、二階堂が計器の数値を見守っている。何か起きたらすぐ対応できるようアクセスグローブに手を入れて、一紀がオクサンを観察している。

この実験は顕微鏡内では成功した。KSウイルスに感染させたアポピスは粉砕されず、歪《いびつ》な形状のままで生き延びた。

同じことがヒトの組織内でも起きるのか、それは坂口にはわからない。もしくはK

Sウイルスのほうが生き延びて、オクサンをゾンビに変えるかもしれない。その場合にはワクチンがある。身体的負担が大きいから、処置が終われば病院に移して回復を待つ。すべては仮定の話だけれど。

五分、三十分、一時間……合掌してチャラは祈り続ける。

孫たちはルンの面倒を見てやっているだろうか。新型アイソレータの使用時間は従来の六時間より延びたが、マックスでも七時間半である。それ以降は彼女を外に出さねばならない。

「がんばれ……オクサン」

坂口も祈る。

ピー、ピー、ピー。

計器が異音を上げて、オクサンの体が小刻みに震えた。すかさず一紀がアンプルのワクチンを注射する。坂口も駆け寄って補液する。

いま、彼女の内部で決定的な何かが起きた。フランス料理に使われる高価なモリーユ茸《だけ》のように、網状に縮んで死んだアポピスを、坂口は敢《あ》えて想像する。病原体がそうなれば、あとは彼女のマクロファージが捕食者を捕食し始めるはずだ。

「ター、ガンバレ、ここにいるカラ」

アイソレータに覆い被《かぶ》さろうとするチャラを、坂口は制止する。きみは一番近くでオクサンを支えた。今はぼくたちがそれをする番だ。

「ター、ガンバレ、センセもいるから」

アイソレータから引き離されて、祈りの形に指を組み、聞こえないオクサンにチャラは言う。

「ルンもいるから。マリコも一紀もついてるゾ、大輔《だいすけ》バカやろ、なぜいない」

陸上自衛官でここに来られなかった坂口の次男をバカやろと言い、

「早くそこ出て、文句言いに行くカ？　ターは大輔ファンだから、チャラは時々ヤキモチ焼くネ。でも、もう焼かない。ファンでいいカラ帰って来い」

ター！

とチャラが呼んだとき、オクサンは突然目を開けて息を吸い込み、夫を睨《にら》んだ。

「シマッタ！　ルンのオムツ替えないと！」

それがオクサンの、蘇生《そせい》後第一声だった。

エピローグ

ソムジンタ・ラックディーの身柄はその後、帝国防衛医大附属病院へと移された。アポピスに嗅球《きゅうきゅう》を攻撃されたオクサンはまだ嗅覚が戻らずにいるが、嗅神経は皮膚のように再生可能なので坂口はあまり心配していない。

チャラは様々なアロマを手に入れてきては、彼女が退院したらアロマテラピーで嗅覚を取り戻させると息巻いている。おかげで坂口家は香辛料とアロマが醸し出す異国の香りに溢《あふ》れていて、仏間に入ったときだけは線香の香りで日本を感じられるといった具合だ。

一次接触者の追跡と隔離は上手《うま》くいき、今のところ感染者の報告はない。坂口はまだ古屋の奥さんに連絡できていないのだが、ここまでの経緯についてすりあわせをしようと信濃大学の二木に電話をかけて、思いがけない話を聞いた。

——実は……——

と二木は言葉を切って、言いにくそうに先を続けた。

——古屋教授が感染した原因が、わかってしまったかもしれないんです——

妙な言い方をする。

そう思ったが黙っていた。

——先生がこちらへおいでになったとき、コンタクトレンズの話をしたのを覚えていらっしゃいますか？　古屋教授は研究室に洗浄液など置いていて——

「話をしたことは覚えています」

——実は、ふとそのことが気になって、教授が使っていた洗浄液を調べてみたんです。そうしたら……——

アポピスに汚染されていた、と二木は言った。あり得ない。

「それはおかしい。どうしてだろう……普通のアメーバならともかく……いや、普通のアメーバでも市販の洗浄液が汚染されているはずはない。購入者が勝手に水道水で薄めたとかならともかく、アメーバの危険性を熟知している古屋くんが、そんな危険な状態で洗浄液を使うはずもない」

——ぼくもそう思います。第一に、アポピスに汚染されているのはおかしいです。あり得ません。普通なら——

カナヅチで頭を殴られたような気がした。二木が言いたいのはそこじゃないのだ。

「誰かが故意に、汚染された洗浄液を、古屋くんに使わせたと思うんですか？」

——滝沢くんです——

「……どうして……」

——いや……そうとしか考えられないんです……なぜなら古屋教授と滝沢くん以外に、アポピスを知っていた者がいないからです。洗浄液にはシストの死骸《しがい》がたっぷり入っていました。それだけじゃなく血液の成分も——

「え」

坂口は、またも言葉を失った。頭の中がグルグルしてくる。

「その学生は……まさか、自分の体でアポピスを培養して、古屋くんを感染させた？　どうして……いや、違うのか……」

——罹患者《りかんしゃ》のデータはまだ少ないですが、滝沢くんが教授より先に感染したのは間違いないと思われます——

「だからって」

だからって……どんな反論ができるだろうか。アポピスはそのとき研究室の中にしかいなかった。そして先に滝沢が感染したのだ。

一呼吸置いて二木は言う。

——ぼくも、とんでもないことを言っているとわかっています。でも、誰かに言わずにいられなかった。どうしても――

「落ち着きましょう。ぼくもそうする。ぼくもちょっと落ち着きますから」

坂口は頭の中を整理した。

「こうした場合は推測と事実を切り分けることが重要だと思います。事実としては、古屋くんが使っていた洗浄液に、アポピスと血液が混入されていたということですね」

――洗浄液は古屋教授の研究室に置かれていて、誰でも触れることができました。部屋に出入りする者ならばアポピスを混入させた品と入れ替えることが可能だったんです。そしてアポピスを扱えたのは教授と滝沢くんだけでした――

「でも、最初の感染は事故だったと思うんですよね？」

――そこは今でもそう思います――

そして二木は苦しそうに言った。

――こう言ってはなんですが……ぼくには滝沢くんの気持ちが理解できる気がするんです。実はぼくもけっこう不器用で、サンプルの取り扱いが上手くなく、それで解析をやっています。ぼくの場合は自分が不器用とわかっていますが、滝沢くんは優秀すぎて色々と辛《つら》かったんじゃないかと思う。いえ、弁護じゃないですよ？　プライドが高すぎてミスを申告できなかったんじゃないのかと――

「感染は事故でも、洗浄液に汚染された血液を混入させるのは犯罪ですよ」

――わかっています。これをどうするべきでしょう――

大学へ連絡をくれた機関に報告しなさいと坂口は言った。臆測《おくそく》や推測は挟まずに、洗浄液が汚染されていたという事実のみを伝えるべきだと。

「そして餅《もち》は餅屋に任せて、ぼくらは仕事に戻りましょう。研究者がするべきことをするんです。そうだな……これは知り合いの捜査官の言葉ですけど、起きた事件の解決よりも、被害者の命を救いたかったと警察官は思うそうです。ぼくら研究者はそういう仕事をしていますねと」

二木は間を置いてから「たしかに、はい」と、ゆっくり答えた。

「ところで、アポピスの撃退に用いたKSウイルスですが、無毒化してからそちらの大学へお送りしようと考えています」

――本当ですか？　それはありがたい――

「どうか今後の研究に役立ててください。ただ、ぼくがそれをすることはもうできないのでね、助教の二階堂くんに頼んであります」

――先生は、なにか別のご都合が？――

「ええ、まあ」

坂口は曖昧《あいまい》に言葉を濁して電話を切った。

むろん最後まで責任を持ってウイルスの無毒化に挑みたかったが、自身でそれをするのは不可能になった。坂口は、つまり、大学の知的財産を未承認で使用した責任を取って特任教授を退くことになったのだ。

いま、大学内では坂口についての様々な噂が飛び交っている。チャラの奥さんに未承認の薬剤を使ったというのがそのひとつ、重要機密のある棟に外国人を入れたというのもそのひとつ、そしてそれらの噂には、パンデミックを食い止めるために知り合いの警察官にデマを流させたという尾ヒレがついていた。

六月最後の水曜日。

坂口は長く世話になった研究室で、打ち合わせ用のテーブルからオリーブ色のテーブルクロスを剝《は》がして畳んだ。それを段ボール箱の上に載せると、住まいよりも慣れ親しんだ場所に自分の痕跡《こんせき》はなくなった。

これでようやく古屋の奥さんに長い手紙を書けるだろう。

研究データは大学に残し、私物は段ボール箱に詰め込んでみたが、ほとんどが大学の物であり、私物はほんのわずかであった。サッパリと片付いた研究室には、思い出ばかりがひしめいている。

「坂口先生」

声がしたのでドアを開けると、花束を抱えた二階堂が、研究棟の同僚たちと一緒に立っていた。

「長い間お疲れ様でした」

眉根《まゆね》を寄せて言う。共に研究室で働いてきた者たちは、無言で次々に握手を求めた。

「残念ですよ」

と、言う者がいれば、事情を知らずに、

「これから二度目の人生ですね」

と、微笑んで見せる者もいる。

「どうされるおつもりですか？　でも、先《ま》ずはゆっくり休んでください」

そう声をかけてくれたのは微生物研究棟Dの女性職員だ。

「そうだね、これからどうしよう。まあ、たぶん……たくさん論文を書くんだろうね」

自分でも先を決めかねながら答えると、二階堂は花束を渡してくれることもなく、

「坂口先生から最後の挨拶《あいさつ》が欲しいそうです」

と、廊下のほうへ手を振った。

「挨拶？　誰が？」

同僚たちが廊下に並び、先へ行けと坂口を促す。

誰かいるのかと廊下に出ると、今度は二階堂が先頭に立ち、ゾロゾロと歩いて階段を下りて、ついには研究棟を出てしまった。花束はいつくれるのか。妙なことを気にしながら坂口は進み、そして食堂棟に連れて行かれた。KSウィルスの流出について全学生に講義をしたあの場所に着くと、ドアを開けて二階堂は、

「どうぞ」

と言った。廊下はしんと静まり返って、知らない場所のようである。開いたドアから顔を覗《のぞ》かせて食堂を見ると、堂内を埋め尽くしていた学生が一斉に立ち上がった。

「……え」

振り返ると花束を抱えたままの二階堂が、

「だから挨拶が欲しいそうです」

ニコリと白い歯を見せた。

「着席！」

教官の発声で一同が座る。食堂の床がザッと震えた。

今さら何を語れというのか。禁を破って大学を去って行く自分に語れることなどあるのだろうか。一同の正面まで進んだものの、坂口は言葉を探して狼狽《うろた》えた。

遠くで誰かが一瞬だけ手を振った。チャラくんだな、と思ったが、するとまた、黒

い頭が砂利浜の小石のように並ぶ学生たちのどこか遠くで、小さく手を振る者を見た。そしてまた……あちらでも……そちらでも……どこかでも……。

手前の一人が手を振ったとき、坂口は気がついた。アポピスの正体を探ろうと研究室へ来てくれた学生たちだ。そうか。そういうことだったのか。

彼らはチームが解散した後も、真実を告げることで微生物研究室のフォローをしてくれたのだ。手を振ったのはそのサインだ。

こみ上げてくる熱いものを悟られないよう、坂口は小さく咳払《せきばら》いして一同を見た。小石のような学生たちにも視線を届けようと顔を上げ、そして、言った。

「私は本日、半世紀もの間お世話になった大学を去ります。規律を重んじ、規律を教えるこの大学で、規律違反を犯したからです。誠に申し訳ありませんでした！」

腰を折って、頭を下げた。

一秒、二秒……そして頭を上げたとき、坂口は敢《あ》えて微笑んだ。

「前回ここで、みなさんに、研究室から流出したウイルスについて話をしました。そのとき私が言った言葉を覚えていますか？　こう言ったと思います。本当に大切なことは他人任《ひとまか》せにするなと」

学生たちの心の声を聞きながら、坂口はなおも言う。

「そして『悩め』と言いました。傲慢《ごうまん》にならず、人として悩めと。今日、お別れの挨拶として、私はその一部を撤回します」

学生たちはざわめいた。何を言い出すのかと顔つきが語っている。

「人間ひとりにできることは、残念ながら限られている。他人任せにせず個人で対処しようとしても、不可能なことがこの世にはあります。けれど、信頼できるもうひとり、さらにもうひとりがいた場合、自己の判断と責任において彼らを信じ、任せることもまた道だと、今の私は思うのです。

人体溶解事件のような未曾有《みぞう》の危機はこれからも襲ってくるでしょう。気候変動が著しい今、もはや何が起きても不思議ではない世界になったのかもしれません。けれども、こう考えてみてください。

危機は突然私たちの目前に現れるわけじゃない。世界は常に変わり続けてきたのです。だから、どうか、みなさんは自分を信じ、自分同様信じるに足る仲間を作ってください。この大学には……」

坂口は二階堂に視線を振ると、その目を学生たちにも向けた。

「それがありました。ありがとう。皆さんの活躍を祈っています」

二階堂から花束を渡されたとき、

「坂口先生！」

と誰かが叫んだ。

「先生は間違ってない！」

声のする方を見てみたが、誰も頭を動かさない上に、人数が多すぎてわからない。

「ご立派でした！」

「みんな知ってます」

「本当です」

「先生アリガト、アンタは立派！」

最後の声だけは誰のものかがよくわかり、そして大きな拍手が起きた。

持ちこたえようと思っていたのに、見る間に涙で視界が霞《かす》み、学生の、同僚たちの、そして二階堂の拍手に見送られながら、坂口は逃げるようにして食堂を出た。

長い廊下を戻る間も学生たちの拍手は鳴り止まなかった。


私物の段ボール箱を抱えて長いケヤキ並木を進みながら、ここで過ごした年月を数えた。大学に骨を埋《うず》めるつもりでやってきたのに、終わりは案外あっけなく、そして突然訪れた。誰が悪いわけでもなくて、自分でそれを選んだのだ。

薄く曇ったロータリーには老いた三人の影がある。ケルベロスは守衛室でなく、裏門の前に並んで立っていた。彼らの姿を見るのも最後かと思うと一歩一歩を踏みしめたくなって、坂口はゆっくりと進んで行く。三人は姿勢を正して、ジッと坂口を見守っている。そういえば、三人の誰かが持ち場を離れて荷物を届けに来たり、機密棟へ案内したりしてくれたのは、半世紀でたった一度だけだったなあ。

　抱えた段ボール箱の上で花束が躍る。ついに三人の前まで来ると、

「ひまわりですな――」

　と、ギョロ目が言った。

「――季節には合うが、ひまわりじゃ……花束をもらった感じがしないですなあ。花束ならばバラでしょう」

「それは男が女に贈るときだよ」

　眉毛はそっと手を伸ばし、ずり落ちかけていた坂口の帽子を直してくれた。

「寂しくなります」

　ヒゲの守衛に言われたときは、

「ぼくもだよ」

　と、正直に伝えた。

「ずいぶんと世話になったね。今期いっぱいいるつもりだったが、後悔はしてないよ。チャラくんの奥さんを救えた。それが何より大切なことだ。三人には感謝している。最高で最強の守衛さんたちだ」

「それですがなあ」

ギョロ目は片方の眉《まゆ》だけ上げて、

「訪問者がいるときは事前に書類を出してください。規則ですから」

「よって構内には通せませんので、外で待ってもらっています」

何のことかと思っていると、ヒゲがニコリと裏門の外を指す。

そこに真っ赤なフェアレディZが停まり、海谷が手を振っていた。

「さぞかしチンヤリしているかと思えば、先生も隅に置けない」

ヒゲが隊列を離れたのを合図に、爺《じい》さんたちはそれぞれの持ち場に帰っていった。


本日は雨もよい。海谷は門扉の外で腕組みをして、坂口が近づいていくのを待っている。敷地境界線を一歩でも入れれば、爺さんたちに文句を言われるからだ。

坂口は小走りで門を出て、

「海谷さん」

と、小さくうなった。彼女のこともずっと心配だったのだ。

「どうだったかね？　その、ハッキン……」

「えっえん！」

海谷は咳払いで遮った。

「そういうことを声に出されるのは困ります。ハッキング？　そんなのはもちろん常にあります。普通のことです。ご時世ですから」

それで、上手《うま》くやり抜けたのだということがわかった。

「いや……今回は色々とありがとう」

坂口が頭を下げると海谷は車のトランクを開け、花束が落ちないように受け取った。

坂口はトランクに段ボール箱を載せた。

「ひまわりの花束なんてセンス抜群」

「二階堂くんがくれたんだよ」

そう言うと、

「相談されてひまわりを勧めたの、私です」

と、ニッコリ笑い、海谷はそれをトランクの隙間に優しく置いた。トランクを閉めると運転席へと向かい、

「乗ってください。お送りします」

と、坂口に言う。

「ありがたいが、どうしてだね？」

「とにかく乗って、話は後です」

そう言われたので助手席に乗り、久しぶりにスポーツカーの内部に見惚《みと》れた。

「実は、二階堂さんにスケジュールを聞いて待っていました。もっと荷物が多いと思

っていたので……私のほうこそ我が儘《まま》を言って、色々とご相談に乗っていただいたお礼です。せめて運転手くらいはさせてください」

言いながらチラチラと顔色を窺《うかが》ってくるので、アポピスのせいで特任教授の職を失う結果になったことを気にしているのだと理解した。

「いやなに、どうせいつかは大学を去らなきゃならなかったんだ。自分で決めたことだし、後悔はないよ」

エンジンがかかり、車はゆっくり走り出す。

海谷が顎《あご》をしゃくったので裏門を振り向くと、ケルベロスがそれぞれの持ち場で坂口に敬礼するのが見えた。助手席の窓を開けて敬礼を返し、遠ざかっていく裏門に別れを告げる。

大学が見えなくなると、海谷は言った。

「今回の件で、私が最初に言った言葉を覚えていますか？」

はて、なんだったろうと、坂口は眉をひそめた。

「微生物を使った殺人事件じゃないかって」

「……ああ」

そうでなく、遺体を溶かす完全犯罪について力説していたのではなかったか。

「大学院生の滝沢治が古屋教授にアポピスを感染させていたことがわかりました」

二木が想像していたことではあるが、改めて海谷の口から聞かされると、その悪意にドキリとする。

「古屋教授が使用していたコンタクトレンズの洗浄液にアポピスが混入されていたんです。それを確認したと大学から通報があったため、捜査本部が出向いて研究室のコンピューターをすべてチェックしました。そうしたら……クラウドにアップされてすぐ削除されたデータがいくつかあって、解析依頼がSSBCに来たので私が現場へ飛びました」

海谷はチラリと坂口を見た。

「調べてみると、クラウドに上げたデータは滝沢治個人のパソコンにダウンロードされ、直後に削除されていたんです」

「どういうことかね？」

坂口が訊《き》くと海谷はハンドルを切りながら、

「滝沢個人のパソコンは大学の寮から消えていて、それで今度は千葉の実家へ」

「電波塔で亡くなる前に、彼は実家に帰っていたんだったね」

海谷はコクンと頷《うなず》いた。

「パソコンは実家にありました。彼が持ち帰っていたんです。それで……」

当然それも調べたのだろう。坂口は海谷の言葉を待った。

「それで、これはたぶん坂口先生なら欲しがるデータだと思うんですが」

海谷はまたも坂口を見た。すぐに目を逸《そ》らしたが、その一瞬に海谷の心が透けた気がした。彼女は戸惑い、坂口を案じているようだった。

「感染初期から死亡する直前までの、滝沢本人の血液や粘膜組織のデータがつぶさに残っていたんです。それだけでなくゾッとしたのは、様々な微生物を加工している映像がおびただしく見つかりました。坂口先生は微生物には意識がないと言ってましたけど……私もそう思いますけど、それでもやっぱりゾッとしました。笑いながら延々とアリを踏み殺し続ける人を見たときのような感じと言えばいいのか」

「……彼は……」

そこから先、何を言えばいいのか坂口はわからない。

「滝沢治の行動は常軌を逸していた気がします。大学の設備を使って自分を検査。一度データをクラウドに上げてパソコンに移動。そしてクラウドから消し去った。何のためだと思います？」

坂口は首を左右に振った。海谷は言う。

「今となってはわかりませんよね。本人が死んでいるんですから」

その横顔をジッと見て、坂口は二木の言葉を思い出していた。秀でた才能を持ちながら偏執的な恐怖症だったという滝沢のこと、古屋がそれを案じて個人的な指導をしていたことなど。

彼は古屋に心酔し、けれど憎んでいたのだろうか。それとも自分の死期を知り、耐えがたくて古屋を道連れに選んだのだろうか。もしくは古屋に対しても、神になろうとしたのだろうか。

「滝沢という学生がアポピスを混入したのは、間違いないということなのかね？」

「自分の血液を入れたんです。それを動画で残していました。新しい洗浄液を買って、中身を捨てて血液と温水を入れ、古屋教授の研究室にあった品と入れ替えた」

「なんだってそんな……」

「わかりません」

でも、と海谷は静かに言った。

「滝沢治にとっての研究が、自分だけのためのものであったのは間違いないです。坂口先生たちとは違います」

そして女優のようにニッコリ笑い、片手で髪を搔《か》き上げた。

「……そう言うけどね、ぼくだって、殺人者にならなかったのはたまたまだ。神に仇《あだ》なす人体実験をチャラくんの奥さんに施した。成功する保証はどこにもなかった」

「神はいません」

と、海谷は言った。

「神様のせいにするのは間違いです。私たちにできるのは今の最善を尽くすことだけ。一人でも多くの人が望む結果を導き出すために」

滝沢治がこれを聞いていたならば、と、坂口は思った。結局のところ、彼の神は彼自身だったわけだ。そしてその神は完璧《かんぺき》でなければならなかったのだ。ひとつのミスも許されず、それを知る可能性がある者も許さずに、ただ命を弄《もてあそ》ぶ神。

なるほど、たしかに彼はアポピスを欲した。種を弄んで殺すこと、その楽しみを永続するため、彼はアポピスが欲しかったのだ。

「ご自宅へお送りする前に、ちょっと寄り道してもいいですか？」

住宅街を抜けるころ、海谷がチラリと見て訊いた。

お食事でもと誘われるのかと思ったら、彼女は白い歯を見せて、

「いいけど、どこへ？」

「警視庁本部です」

悪びれもせずにそう言った。

「調書をまとめるのに説明が必要になったんですけど、私の頭ではサッパリで……」

「虫の先生はどうしたんだね？　厚生労働省が適任者を探すと言っていたよな」

「頭でっかちのスットコドッコイじゃ全然ダメよ。説明が回りくどくて、言ってることを理解できる人がいないの。先生お願い。私は始末書で忙しいから……」

「それが本当の送迎理由だったわけかね？」

坂口は苦笑しながらヘッドレストに頭を預けた。

こんなときになって考えたのは二階堂のことだ。飄々《ひょうひょう》とした彼を坂口は好いていた。もはや戦友のようでもあったが……と、海谷の横顔を見る。

異性に対してもうちょっと、押しが強くてもいいのかなあ。いずれにしても彼とは今後も会うことだろう。特に海谷さんが絡むなら、喜んで相談に乗ってくる。二階堂くんはとても優秀な教え子で、しかも現役なのだから。

フェアレディZは速度を上げて、エンジン音を響かせながら街をいく。車好きが好もしい顔でそれを見送る。

第一線を退いてみれば、肩の荷が下りたのか、そうではないのかわからない。明日からはどんな気持ちになって、どう時間を過ごせばいいのか、それすらも想像がつきそうにない。けれど退屈ではないだろう。二階にはオクサンがいて、ルンがいる。孫たちが泊まりに来ても家にいられる。けれど、でも……と、坂口は風景を見る。

雨上がりの空を映した水たまりを踏んで人々が行く。微生物研究者の目は、そこに見えない生物を見る。アポピスはどこかで生き延びたろうか。いつかまた戦うときが来るのだろうか。美しく整備された街の一角を循環式の水が彩っている。その環境を喜んでいるのは人間だろうか、微生物だろうか、死神なのか。

彼らと人は同じ地球に暮らしている。
アポピスと神々の戦いは永遠だから、どう立ち向かうかが重要なのだ。

May be continued.

参考文献

Peter F. Drucker, Managing in Turbulent Times, Routledge, 1994
『種の起源（上）』ダーウィン／著　八杉龍一／訳　岩波文庫　１９９０年
『加藤嶺夫写真全集　昭和の東京５　中央区』
加藤嶺夫／著　川本三郎、泉　麻人／監修　deco　２０１７年
『70歳、はじめての男独り暮らし　おまけ人生も、また楽し』
西田輝夫　幻冬舎　２０１７年
『警察手帳』古野まほろ　新潮新書　２０１７年
『破壊する創造者　ウイルスがヒトを進化させた』
フランク・ライアン／著　夏目　大／訳　ハヤカワ文庫ＮＦ　２０１４年
『失われてゆく、我々の内なる細菌』
マーティン・Ｊ・ブレイザー／著　山本太郎／訳　みすず書房　２０１５年
『ホット・ゾーン――エボラ・ウイルス制圧に命を懸けた人々』
リチャード・プレストン／著　高見　浩／訳　ハヤカワ文庫ＮＦ　２０２０年
動物愛護管理法の概要　環境省
https://www.env.go.jp/nature/dobutsu/aigo/1_law/outline.html

電波法施行規則　総務省 電波利用ホームページ
https://www.tele.soumu.go.jp/horei/law_honbun/72002000.html
「タイ、チェンマイ県オムコイ地区のカレン山岳民族の子供たちの腸内寄生虫感染症の現在の有病率と血液学的および栄養状態への影響」
ACTA TROPICA　volume 180　２０１８年
https://bibgraph.hpcr.jp/abst/pubmed/29306723?click_by=rel_abst
「25年の眠りから覚めたインフルエンザウィルス：ウィルスの分子進化学」
宮田　隆　JT生命誌研究館　２００５年
https://www.brh.co.jp/research/formerlab/miyata/2005/post_000007.php
「病原体はいかにして宿主の行動を操るのか：昆虫のウイルスを用いたアプローチ」
東京大学農学生命科学研究科 プレスリリース　２０１２年
https://www.a.u-tokyo.ac.jp/topics/2012/20120410-6.html
「狂犬病」 源　宣之　日本獣医学会
https://www.jsvetsci.jp/veterinary/infect/01-rabies.html
「アメーバ共生クラミジア」　日本細菌学会
https://jsbac.org/youkoso/protochlamydia.html
「東京大学農学部公開セミナー　第45回　動物の病気から見えるもの　講演要旨集」
https://www.a.u-tokyo.ac.jp/seminar/yousisyu/45-yousisyu.pdf

「シナ嶺南地方の風土病『瘴癘《しょうれい》』の地理学的考察」千葉徳爾　１９６７年
https://www.jstage.jst.go.jp/article/grj1925/40/12/40_12_679/_pdf
「外傷性嗅覚障害の予後因子と予後改善のための基礎研究」
小林正佳　日本鼻科学会会誌48（1）２００９年
https://www.jstage.jst.go.jp/article/jjrhi/48/1/48_1_85/_pdf

本書は書き下ろしです。

アポピスの復活《ふっかつ》　微生物《びせいぶつ》研究室《けんきゅうしつ》特任《とくにん》教授《きょうじゅ》・坂口《さかぐち》信《まこと》

内藤《ないとう》 了《りよう》

角川ホラー文庫　24471

令和６年12月25日　初版発行

発行者——山下直久
発　行——株式会社KADOKAWA
〒102-8177　東京都千代田区富士見2-13-3
電話 0570-002-301（ナビダイヤル）
印刷所——株式会社暁印刷
製本所——本間製本株式会社
装幀者——田島照久

●お問い合わせ
https://www.kadokawa.co.jp/（「お問い合わせ」へお進みください）
※内容によっては、お答えできない場合があります。
※サポートは日本国内のみとさせていただきます。
※Japanese text only

ISBN978-4-04-115147-1　C0193

角川文庫発刊に際して

角川源義

第二次世界大戦の敗北は、軍事力の敗北であった以上に、私たちの若い文化力の敗退であった。私たちの文化が戦争に対して如何に無力であり、単なるあだ花に過ぎなかったかを、私たちは身を以て体験し痛感した。西洋近代文化の摂取にとって、明治以後八十年の歳月は決して短かすぎたとは言えない。にもかかわらず、近代文化の伝統を確立し、自由な批判と柔軟な良識に富む文化層として自らを形成することに私たちは失敗して来た。そしてこれは、各層への文化の普及滲透を任務とする出版人の責任でもあった。

一九四五年以来、私たちは再び振出しに戻り、第一歩から踏み出すことを余儀なくされた。これは大きな不幸ではあるが、反面、これまでの混沌・未熟・歪曲の中にあった我が国の文化に秩序と確たる基礎を齎らすためには絶好の機会でもある。角川書店は、このような祖国の文化的危機にあたり、微力をも顧みず再建の礎石たるべき抱負と決意とをもって出発したが、ここに創立以来の念願を果すべく角川文庫を発刊する。これまで刊行されたあらゆる全集叢書文庫類の長所と短所とを検討し、古今東西の不朽の典籍を、良心的編集のもとに、廉価に、そして書架にふさわしい美本として、多くのひとびとに提供しようとする。しかし私たちは徒らに百科全書的な知識のジレッタントを作ることを目的とせず、あくまで祖国の文化に秩序と再建への道を示し、この文庫を角川書店の栄ある事業として、今後永久に継続発展せしめ、学芸と教養との殿堂として大成せんことを期したい。多くの読書子の愛情ある忠言と支持とによって、この希望と抱負とを完遂せしめられんことを願う。

一九四九年五月三日